Tien Stories

Naomi Maritz

Outeur Naomi Maritz
Voorbladontwerp: Ria Richards

Geset in Franklin Gothic 12pt

Uitgegee en gedruk deur

Malherbe Uitgewers

Inhoudsopgawe

Anna...1

As ek net nie dit gedoen het nie.......................... 10

Die jagseisoen is oop.. 21

Die Moordenaar.. 27

Die Ontsnapping... 33

Die Verraad.. 46

Johan Fisant 59

Kerkkrieket 63

'n Nimmereindigende storie 69

Ons ou volkie se etiek 75

Anna

Anna se hart voel swaar, seer. Dit het weer gebeur. Sy leer nooit haar les nie. Verlede jaar was dit so. Vier jaar gelede was dit so, en wragtig, nou weer. En elke keer beleef sy die pyn van voor af. Elke keer is die emosie meer intens. Mens sal nou dink dat sy immuun sal raak teen die tyd, maar nee, sy lê nog snags wakker en wonder hoe dit kon gewees het.

Sien, Anna raak vir elke bakatel halsoorkop verlief, elke keer. En elke keer loop sy 'n bloutjie en met 'n gekneusde ego. Dan slaap sy nie, eet sy nie vir dae aaneen. Sy praat met niemand nie en isoleer haar geheel en al. Anna het geleer die liefde is 'n nare ding. Jy druk hom dood, maar as jy weer kyk is daar 'n uitloopsel. Dis wat nou weer met Anna gebeur het.

Vier jaar gelede het Andries haar gelos. Net so, sonder om te verduidelik. Anna was gebroke. Soveel so dat sy in die hospitaal beland het – post-traumatiese stress. Anna het vreeslik gehuil. Daar het Anna 'n eed geneem: nooit weer sal sy toelaat dat haar hart op haar mou gaan sit nie.

Toe sy uit die hospitaal kom, het sy opgepak en die stad agtergelaat. Sy wou nooit weer teruggaan nie. Sy wil nie weer daardie pad loop nie. Anna het druipstert op die plaas aangekom. Haar ma was bekommerd, want alhoewel Anna goed gelyk het, was sy stiller, haar oë agter in haar kop, haar hare vaal en kleurloos. Haar ma het haar maar gelos en geglo die plaaslug en boerekos sal Anna weer laat opstaan.

Die dae het weke geword en die weke maande. So het vier jaar verbygegaan en Anna het weer opgestaan.

Een aand op 'n kontrei boere-opskop, ontmoet Anna vir Kallie. Pragtige seun van nuwe intrekkers in die distrik. Eers steur Anna haar nie aan die man nie. Sien, sy hou nog vas aan haar innerlike belofte: geen man sal weer haar so leer ken nie. Maar Kallie was gedetermineerd. Hy wou haar beter leer ken.

Haar ma het die situasie dopgehou, gesug en melktert gebak vir elke kuier van Kallie, want sien, hy was dan so 'n ordentlike mannetjie en hy was lief vir melktert. Anna het haar ma betig en gesê sy mors haar tyd. Sy wat Anna is, stel nie belang nie. Maar toe Kallie nie nee vir 'n antwoord vat nie, het Anna maar ingegee en toegelaat dat Kallie kom kuier.

So het sy die melktert saam met hom begin geniet en later toe tog ook sy sêgoed. Kallie was welbelese, so slim, en Anna het na 'n paar maande aan sy lippe gehang. Haar ma kon sien hier kom 'n ding, want Anna het begin blom. Sy het ook spraaksamer geword. Tot daardie aand in Julie.

Dit was koud en Anna het vuur in die koolstoof gemaak. Die kombuis het vinnig warm geword en soos gebruiklik het haar ma se melktert op die tafel gestaan. Anna het 'n gevoel gehad dat Kallie vanaand die groot vraag gaan vra. Hy het haar mooi gevra dat haar ma ook by moet wees as hy vanaand kom kuier. Anna se hart het gefladder. Uiteindelik gaan die liefde by haar deur instap om te bly.

Kallie het kom kuier, maar hy was die hele aand gespanne. Anna kon sien daar is iets wat vreet. Die melktert was nie so lekker vanaand nie en Anna het in afwagting gesit. Haar ma het probeer om die geselskap op dreef te kry, maar tevergeefs. Kallie het net die aaklige frons op sy voorkop gehad.

Uiteindelik kon Anna dit nie meer hou nie. As hy dan die groot vraag wil vra, wat is dan nou so moeilik? Sy sê toe reguit vir Kallie om te praat. En toe praat Kallie, en hoe langer hy praat, hoe meer tuimel Anna se wêreld inmekaar. Die hitte in die kombuis het verander in 'n koue wat nie eens by die Suidpool aangetref word nie.

Anna kon dit nie glo nie. Hier gebeur dit weer, net soveel erger. Een van die buurdorp se dogters was in die ander tyd.

Anna het teruggetrek in haar dop en met niemand gepraat nie. Weereens het sy opgepak en die keer vêr weggegaan, so vêr dat haar ma nie heeltemal seker was of die plek wel op die landkaart is nie. Anna het vêr suid getrek, see toe.

By die see het Anna met niemand gemeng nie, net lang ente met die strand langs gestap. Soms het dit gereën, soms het die wind gewaai, maar Anna het gestap. Dit was asof sy die blou in haar gemoed wou wegstap. Die somer het gekom en gegaan en langs die see het Anna in afwagting gewag op die winter. Daar was nog nie weer 'n somer in haar hart nie, maar die keer was dit anders as die ander kere. Haar oë het droog gebly. Anna het nie gehuil nie.

Die winter het aangebreek en Anna het besef die mense op die vissersdorpie praat agter hulle hande as hulle haar sien. Sy het geweet hulle praat oor haar, die vreemde vrou wat maar net nie uit die wind en die reën kan bly nie. Dit het haar nie gepla nie. Laat hulle praat. En toe gebeur die onvermydelike.

Anna het in die winkel gehoor die sardyne loop by die kromming. Almal skep sardyne by die ponde. Sy moes dit beleef. Dalk kry sy ook 'n paar sardyne gevang om huis toe te vat. Dis toe dat Anna afsit na die kromming. Die mense was verbaas om haar te sien, maar sy het haar kop hoog gehou.

Dit was toe sy besig was om sardyne in haar emmer te skep dat sy bewus geword het van die liggaam langs haar. Toe sy opkyk, sien sy hom. Die blou oë, die deur-mekaar kuif, die stout laggie soos 'n skoolseun. Hy was so opgewonde oor die sardyne, nes 'n kind wat 'n nuwe speelding gekry het.

Anna wou nie erkentenis aan die gevoel gee wat in haar opstoot nie, maar sy kon nie die lewensvreugde in hom miskyk nie. Sy uitgelatenheid was aansteeklik en voor Anna haar kon kry, het sy saam gelag vir die sardyne wat glibberig deur haar hande glip.

Dit was die begin van baie koffies. Willem was soos 'n stout kind en het Anna se hart laat lig voel. Vars vis is oor die kole gebraai en wanneer die skuite terugkom van die see, was Anna op die kaai om hulle in te wag. Van vêr af kon sy Willem se stout lag oor die branders hoor. Stadig maar seker het die plantjie weer 'n blommetjie aan gekry.

Anna het uiteindelik vir haar ma geskryf dat sy weer gelukkig is. Anna het ook al hoe minder in die reën en die wind langs die see gestap. Die mense het haar nou op sonnige dae gesien en sy het selfs een of twee geselsies met hulle aangeknoop. Haar oë was helder en haar vel bloesend. Anna was gelukkig.

Maar toe bars die bom. Willem moet vir drie maande in Irak vir 'n sekuriteitsmaatskappy gaan werk. Dit het Anna nie gepla nie. Sy sou mos hier wees as hy terugkom. Maar hy gaan nie terugkom nie, want sy Russiese vrou wag vir hom in Praag.

Anna het gehuil.

En so het die dae in weke verander. Anna het haarself toegesluit en met niemand gepraat nie. Sy het ook nie meer langs die see geloop nie, nie eens as dit gereën het of die wind gewaai het nie.

Die weke het maande geword en die mense het weer agter hulle hande gepraat. Maar die keer was die mense simpatiek teenoor Anna.

Hulle het alles gedoen om haar uit die huis te kry, maar niks het gehelp nie. Hulle het kos aangedra en dit op die stoep gelos, net om die volgende keer die vorige kos netso te kry. Anna het weer nie geëet nie.

Toe hou die mense op praat. Hulle hou op kos aandra, want hulle het gesien niks help nie. Sien, Anna was in rou. Dit was asof daar dood in die familie was. En so het Anna vergete geraak. Sy kon net sowel nie daar gebly het nie.

En toe, eendag waai die wind verskriklik. Almal het geskrik, want so erg het die wind nog nooit gewaai nie. Dit was asof daar iets uitwaai vanaf die see. Toe sien almal haar. Anna. Sy het op haar stoep gestaan soos 'n standbeeld en die wind omhels. Sy het van die stoep afgetree en begin teen die wind in beur, see toe.

Die mense was verstom en bang. Hulle het nie geweet wat Anna se geestestoestand was nie. So het Anna al langs die see geloop, vooroor gebukkend, want die wind was sterk. Maar so het die mense ook een na die ander agter haar aangeloop. Tree vir tree het hulle ook gebukkend teen die wind gebeur en Anna in die oog gehou.

Anna het vêr geloop en toe omgedraai. Dit was asof sy in 'n dwaal was. Haar oë was leeg en haar bleek gesig het spookagtig gelyk. Sy het haar nie gesteur aan die mense nie, en die pad terug huis toe gevat. Op haar stoep het sy gaan staan, teruggekyk oor die see, en die deur agter haar toegemaak.

Die wind het opgehou waai en die lug was skoon. Oor die see het 'n vars briesie gewaai. Die kinders het uitbundig in die strate gespeel en wasgoed het op die draad gewapper. By Anna was die vensters oop en die geur van beskuit het uit die huis gestroom.

Anna was terug. Dit maak nie saak op watter reis sy was nie, sy was terug. Die mense het dit gesien en geglimlag. Sien, Anna het in hulle harte gekruip en hulle het haar aanvaar as een van hulle. Anna het weer in die winkel verskyn en geselsies aangeknoop. Sy het weer langs die see gaan loop wanneer die son geskyn het.

Maar tog het almal opgemerk daar is nog iets verkeerd. Al was Anna weer in hulle midde, was haar oë steeds leeg. Die seer het haar binne doodgemaak, maar niemand het iets gesê nie. Almal was net te bly Anna was by hulle.

Die onvermydelike het gebeur. Eendag, toe Anna van die winkel af kom, was die gestalte op haar stoep. Van vêr af het sy hom gesien en nie geweet of sy moet omdraai nie. Sy het nie geweet of sy sterk genoeg was om hom te sien nie. Al wat in haar gedagtes was, was die verraad.

Willem het na haar gekyk en daar was seer in sy oë ook. So het hulle na mekaar gekyk, sonder om te praat. Anna het die deur oopgesluit en ingegaan. Willem het haar nie gevolg nie, want sien, Willem het nie geweet of Anna hom haat nie.

Anna het weer uitgekom met twee glase gemmer-bier. In stilte het hulle gedrink. En toe vertel hy haar.

Die huwelik was 'n fout. Die egskeiding was 'n ver-ligting. Die terugkoms was onseker. Anna het geluister. Stadig het haar oë begin blink. Anna het kwaad geword, baie kwaad.

Sy het hom begin vertel van die maande van haar selfopgelegde gevangenisstraf. Die donker hond wat haar agtervolg het. Die leë aande in haar eie geselskap. Die skaamte om ander mense in die oë te kyk.

Anna het gepraat. Willem was stil. Sy oë het net nog leër geraak.

Net so skielik as wat Anna begin praat het, net so skielik het sy opgehou. En toe lig die wolke in haar kop. Sy het gevoel hoe sy beheer kry. Vir die eerste keer sien sy Willem vir wie hy is; die ondeunde seunslaggie, die blou van die see in sy oë en sy hoor hom weereens sê: "Jy draai nooit jou rug op die see nie."

Haar oë was helder toe sy vir hom sê dat ander kulture anders is, maar hier, langs die see, is ons mense.

En toe het Anna gelag.

As ek net nie dit gedoen het nie.

"Hindsight is the exact science".

Ek staar by die venster uit. Voor my lê die donkerblou Outeniquaberge, soos 'n simbool in my lewe. Ek meet die berg met my oë. Hoe gaan ek oor hierdie berg kom? Dit maak nie regtig saak nie, want kom ek die berg oor, op watter manier ook al, die berg sal nog altyd daar wees.

Ek draai my kop en kyk na myself in die spieël. My gesig lyk bleek, my oë helder van al die trane van die afgelope weke. "We want to hear your side of the story." Die Sunday Times was darem vinnig op my. Waar het hulle my nommer gekry?

"I categorically deny that the girls were naked. Blow this up and put it in your article!" Ek het die ou veginstink in my voel opvlam. My oë draai terug na die berg toe. Wat het van my wonderlike emosionele intelligensie geword? Ek was die volwassene in die situasie; hulle was twee vyftienjarige tienerdogters.

Ek moes van beter geweet het. Hoeveel keer het ek al die gesprek met myself gehad? Hoeveel keer het die episode nie al oor en oor in my geheue afgespeel nie? As ek net die horlosie kan terugdraai. As ek net kalm gebly het. As ek net myself, soos in die verlede, nie gesteur het aan die reëls nie. As...as...as... Ek hoor my ma se stem: "As is verbrande hout."

Die klop aan die deur galm deur die huis en eggo van die stil mure af. Ek ruk soos ek skrik. Wie kan dit wees? Ek staan met 'n sug op en stap deur die stil huis na die deur. Voor my staan 'n netjies geklede man en ek merk die gepaste rooi das op.

"Ja?"

"Mrs. Els? My name is Abel Mokoena from District Office. Can we talk?"

Ek maak die deur groter oop en staan eenkant toe dat hy kan inkom. Hy stap by my verby en ek ruik die soet reuk van Brut reukweerder. Hoe beskaafd, dink ek en besef dat ek darem nog leef. My reuksin werk nog. Ek voel hoe 'n histeriese giggel in my keel opstoot.

"Mrs. Els, I brought you the notice letter of your disciplinary hearing from Head Office. You have the right to contact your union."

Hy sit nie. Hy plaas net die wit papier op die koffietafel. My oë registreer nie die woorde nie. Dis net 'n swart swymel voor my oë. Ek het 'n reg! Ek mag maar my unie kontak! Ek het ook 'n reg! Hoe wonderlik moet dit nie wees nie? Uiteindelik lyk iets positief. Weer daardie histeriese giggelende gevoel wat opstoot.

Ek bied hom nie koffie aan nie. Skielik is hy een van hulle; die hoof, die skool, die kinders. My vluginstink bruis in my gemoed. Ek voel benoud; ek moet hier uit. Ek kry nie asem nie. Die gevaar is net te groot.

"Are you okay?"

Ek voel sy hand op my arm. Met 'n ruk verplaas ek myself sovêr as moontlik van hom af.

"Yes... uhm... yes. I'm okay. Thank you for the letter. I will make work of it immediately."

Dit klink of ek in 'n grot praat. Ek hoor 'n eggo. Dis asof my stem die akoestiek van die huis trotseer. Hy kyk my snaaks aan asof hy iets wil sê, maar dan bedink hy homself. Hy stap voordeur toe en ek keer hom nie. Die rooi das word 'n slang wat krul en draai om sy nek.

By die tuinhekkie draai hy om om my te groet, maar ek het klaar die deur agter hom toegemaak. Vir 'n paar oomblikke staan ek met my rug teen die deur, oë toe. My bene voel soos jellie.

Ek haal die kamer net betyds toe my bene onder my ingee. My lyf voel die sagtheid van die bed toe ek daarop val. Die bekendheid is 'n veilige hawe en my liggaam vorm gemaklik in die fetus posisie. Ek maak my oë toe. As ek net 'n bietjie kan slaap sodat my brein weer helder kan wees.

Dis nou twee weke wat die slaap my ontwyk en ek voel gedreineer van alle energie.

Weereens is die gebeurtenis helder voor my geestesoog. Ek veg nie meer daarteen nie en laat al die gevoelens maar weer oor my spoel...

Dit was 'n Donderdagoggend vroeg in September. Ek moes toesig hou vir een van die onderwysers wat afwesig was. Die klas was graad neges. Ek hou nie van graad neges nie. Was dit die eerste teken van dit wat gaan kom? Het ek onbewustelik 'n lêer in my brein oopgemaak oor graad neges? Het hierdie lêer nou weer oopgegaan?

Ek onthou ek het gesug asof die wêreld op my skouers rus. Die moedeloosheid het totaal die oorhand gekry. Dit was daardie tyd van die termyn en ons punte moes op die rekenaar gelaai word. Druk... druk... druk. By die klas het die dogters al vir my gewag, in 'n netjiese ry, maar ietwat uitdagend – jy-ken-ons-nie-en-ons-ken-jou-nie-houding.

Sommige het vinnig agtertoe gefluister. Ek weet ek het my "sammajoor"-gesig opgesit om te wys dat hulle nie vandag met my moet sukkel nie. Ek was nie lus vir hulle nie. My houding moes my reputasie gestand doen: die "no-nonsense"-juffrou.

"Môre, Juffrou."

Sy het apologeties geklink. Het sy agtergekom aan my liggaamstaal dat ek antagonisties voel? Is dit 'n reuk wat 'n mens afskei, en leerders in skole se reuksin werk soos 'n hond s'n? Kon hulle dadelik onderskei hoe ek in my hart voel? Ek het nie teruggegroet nie, net die klas oopgesluit en hulle ingelaat, hulle laat sit. Ek het register geneem en saam met die register gekyk of hulle uniforms volgens reëls was. Opdrag van die baas.

"Dames en Here, julle kompliseer my lewe. Julle doen nie julle werk nie en ek gaan dit nie vir julle doen nie." Die hoof se stem klink nog duidelik in my ore. My innerlike wese het begin rebelleer. Hoekom was ek die enigste een wat die reëls in die skool tot op die letter uitvoer en nog was dit nie goed genoeg nie?

"Celeste Mills?"

"Ja, Juffrou." Haar uniform was pynlik netjies. 'n Mamma se hand.

"Chantelle Nienaber?"

"Ja, Juffrou." Die rok was te kort, die hempskraag vuil. Die hare los.

"Karabo Ndlovu?"

"Ja, Juffrou." Langmouhemp sonder 'n das, die hare los.

Ek het die register klaargemaak en so ook die inspeksie. Ek het die twee dogters na my tafel toe geroep.

"Hoekom hang julle hare los? Weet julle nie wat die skoolrëels sê nie?"

My stem was kortaf.

"As julle julle hare laat loshang, hoef julle mos nie julle uniform aan te hê nie? En Chantelle, hoekom is jou rok so kort?"

Sy het haar trui opgelig en die belt afgehaal waaronder sy die rok opgetrek het. Ek het my oë toegemaak. Wat nou nog? Weet hierdie kinders nie van beter nie? Soek hulle doelbewus vir moeilikheid?

"Maak julle hare vas en moenie dat ek weer daar-oor praat nie."

"Ja, Juffrou."

Vir die res van die dag was my emosionele intelli-gensie nul. Al die kinders het my geïrriteer en ek het deur die dag geworstel. Ek wou nie meer skoolhou nie. Ek wou nie meer hier wees nie. Ek wil nie... ek wil nie... ek wil nie. Alles wat ek gedoen het, is net altyd mooi-tjies teruggegooi in my gesig. Vir agt-en-twintig jaar het my loopbaan van uitstekend na gemiddeld na weersin gedegenereer.

Die brief! Ek moet lees wat die brief sê.

Ek staan met moeite op en stap na die sitkamer. Nog steeds is daar nie 'n geluid in die huis nie en die gang begin spookagtig donker word. Wat het geword van die radio wat konstant op RSG gestel was? Dan was ek nie so alleen nie.

Begin die isolasie uiteindelik aan my te vat? In die verbygaan skakel ek die radio aan. Amoré Bekker ry alweer saam met iemand huis toe, al langs die see. Die see! Ek wil daar wees, by die see.

Hoekom moes ek dit gedoen het? Nou is die see net 'n droom en ek 'n gevangene van my omstandighede. Ek skakel die radio af. Ek wil dit nie hoor nie.

Ek tel die brief van die tafel af op.

"Dear Mrs. Els, it is with great regret that we have to notify you that you are convicted of a gross misconduct. The disciplinary hearing will be on 15 November 2011 at 15:00 at the District Office. You are allowed to be represented by your union representative. Kind regards. Daphne Ditaba."

Ek dog my oë begin ingee totdat ek die warm gevoel op my wange voel. Ek huil – alweer. Hoekom het ek dit gedoen? Wat het met my aangegaan? Hoeveel keer gaan ek myself nog kruisig?

Ek skakel die ketel aan. Die bekende geluid van my ou vriendin kalmeer my. Ek haal die groen tee uit. Dit werk nog elke keer.

By die venster het die donkerte van die skemer oor die berg gekom, soos 'n dief nader gesluip tot op my voorstoep. Die beklemming kom sit weer om my hart, en vir die eerste keer is ek bang. Ek is bang vir wat gebeur het. Ek het beheer verloor. Ek is bang vir wat voorlê, vir die onbekende, vir dit wat ek nie kan beheer nie.

Die groen tee begin werk.

My God, my God, waarom het u my verlaat? Hoekom kon U nie maar daardie Vrydagoggend my met 'n bliksemstraal uit die hemel getref het nie? Dit sou tog my gestop het? Dood in my spore? Ek dink nie God luister nie.

Daardie Vrydag...

Weer val ek diep in my gedagtes weg. Almal was onder druk met die punte wat moes in wees. Niemand wou 'n draai by die kantoorblok gaan maak nie. Niemand wou sy of haar naam oor die interkom hoor nie. Almal wou daardie kantoor, daardie argwaan vermy. Punte! Punte! Punte! Druk. "Under pressure," van Queen het in my gedagtes opgekom. Hoe gepas.

Ek het klas toe gestap. My verstand het in spasma gegaan. Was dit wat mens die noodlot sou noem? Voor my klas het dieselfde dogtersklas gestaan. Iemand was besig om 'n speletjie met my te speel. Dit kon nie wees nie. Ek het gevoel hoe die woede in my opstoot. Dit was net genoeg.

Meganies het ek die deur oopgesluit en die dogters ingelaat. Ek het die register oopgemaak en deur die hele ritueel van die vorige dag gegaan.

"Ek sien julle het of nie gister geluister nie, of julle probeer my uittart?" My stem was gevaarlik sag en kalm. Die wat my ken, sou geweet het ek was op die punt om te ontplof. Die twee dogters het my met groot oë aangekyk. Daar was geen verskil aan hulle uniform van die vorige dag nie. Hulle het selfbewus aan hulle los hare gevat. Dit het my nie getraak nie.

"Ons kry die druk van die kantoor af en julle buig die reëls net soos julle wil. Uit met julle truie." In die res van die klas kon ek die sagte gelag van die ander dogters hoor. Hulle dink dis 'n grap!

Die twee het hulle truie uitgetrek. Chantelle het weer die belt aangehad. Ek het gedog my hart gaan staan. Hoe durf sy! Kon sy nie leer dis nie deel van die uniform nie?

"Nou trek julle julle rokke uit. Julle wil mos nie julle uniforms aanhê nie." Die twee dogters staan met hulle hemde wat oor hulle boude hand, met ski-pants oor hulle kouse.

"Weet julle hoekom julle dit doen?" Ek het my emosies met moeite onderdruk. Hoe laag het my professionaliteit gedaal? Die ander dogters het geskree soos hulle lag. Ek het nie gedink dis snaaks nie.

"Ja, Juffrou, omdat ons hare los hang."

"Nou trek julle rokke en truie aan en gaan sit. Maak julle hare vas en as julle ooit weer in my klas kom, is julle hare vas! Het ek myself duidelik gemaak?"

Die dogters het hulle truie en rokke aangetrek en gaan sit. Skielik was die stilte in die klas mespuntskerp. Almal het vir my gekyk en ek het die angs in my voel opstoot. Ek het vir hulle gekyk en hulle het my aangestaar. Niemand het gelag nie.

Ek het diep asem gehaal, tot tien getel en stadig uitgeblaas. Dit het nie gehelp nie. Ek het begin sweet, eers my handpalms, toe my gesig. My kop het begin draai en ek het agteruit getree tot ek my stoel kon voel. Nog steeds was dit gevaarlik stil in die klas.

Die geloei van die klok het my teruggeruk na die werklikheid. Die dogters het gedwee opgestaan en die klas baie stil verlaat. Die laaste een het die deur dawerend in die kosyn gegooi. Weereens het ek gewip soos ek skrik. Dit het gevoel of die hele wêreld om my intuimel soos 'n kleuter se boublokkies.

My groen tee is al koud. Die aand is koud. Die weer op George is winter, al is dit nog somer. Ek moes net wegkom, so vêr as moontlik. Ek kon nie langer daar bly nie. Die Kaap het net te klein geword vir my emosies. As ek dit maar net nie gedoen het nie. Ek kyk terug en besef dat ek dit anders kon hanteer het.

Dan tref dit my soos 'n bliksemstraal... as hulle, wat my lewe bedreig, so vêr kan ry om 'n brief af te gee, en nog te sê ek het 'n reg, dan hou ek mos nog 'n paar goeie kaarte in my hand.

Ek voel hoe my gemoed ligter word. Ek het keuses. Ek hoef nie in sak en as te sit nie. Ek het KEUSES! Ek is vry. Daar is uitkoms. Ek kan bedank en eervol uit die stryd tree. Ek kan die ding baklei en kyk waarheen dit my lei. Ek kan 'n kopskuif maak en emosioneel wegstap met my kop hoog. Ek haal die atlas van Suid-Afrika uit en begin te soek. Uiteindelik vind ek die plek. Ek gaan ry en ry en ry tot my kop skoon is. Ek het nog tyd.

Ek staan op en stap na die telefoon. Ek het 'n paar belangrike oproepe om te maak.

Die jagseisoen is oop

Om 'n storie oor 'n klein vissersdorpie te skryf, sonder om gevoelens te raak, is nogal moeilik. Nie net moet die plekkie beskerm word nie, maar ook die betrok-kenes. In hierdie geval gaan dit oor 'n hofsaak in die klein dorpie, en wetlik mag die naam van die beskuldig-de genoem word, want dit was ten tye van die saak, in die belang van die meeste van die vooraanstaande mense op die dorpie.

Dis nie soseer 'n visserstorie nie, as wat dit 'n maatskaplike storie is. Maatskaplik bedoel ek by, dat die gebeure afgespeel het in die jare sestig toe daar nog allerhande wette was wat rasse uitmekaar gehou het.

Daar was die groepsgebiedewet, die behuisingswet, die lonewet en soveel meer. Maar die eintlike maat-skaplike probleem wat opgeduik het in dié hofsaak, het gegaan oor die ontugwet.

Sien, in die jare sestig was dit teen die wet vir 'n blanke om gemeenskap met 'n anderskleurige te hê. Gemeenskap in die sin van huwelike, liefdesverhou-dings en seks.

Daar was baie sulke gevalle waar blankes wel met anderskleuriges gemeenskap gehad het, maar baie van hulle is nooit gevang nie. Daar was selfs diegene wat die verbod op gemengde huwelike oortree het, maar wat nie bekend was aan die polisie nie. Maar nou dwaal ek van die eintlike storie af.

In dié klein vissersdorpie het 'n pragtige, welopge-voede bruin meisie gebly. Ja, sy was die beskuldigde in die saak en aangesien die saak afgehandel is, mag haar naam maar genoem word. Sy was die pragtige dogter van een van die voorste vissermanne in die kontrei. Haar naam was Susara Tarentaal. Omdat sy so mooi was, en nog slim ook daarby, moes sy om die dood gaan leer en op so manier van die dorpie af weg kom. Haar pa-hulle het groot dinge vir haar beplan, want in die destydse Suid-Afrika was daar nie veel voor-uitsigte vir bruin mense nie.

En so, toe Susara agttien word, is sy toe Wellington toe om te leer vir 'n onderwyseres. Maar dit was van korte duur. Ses maande later bel sy haar pa en sê sy kom huis toe. Leer is nie meer vir haar nie.

Terug by die huis moes haar pa-hulle uitvind dat daar 'n klein Tarentaaltjie op pad was. Wie die pa was, is tot vandag toe nog 'n groot geheim, maar die klein Tarentaaltjie het alte mooi blou ogies, ligte vel en blonde haartjies gehad.

Het die mense vir jou geskinder! Vir dood! Skielik was enigeen wat blank was en manlik genoem word, die moontlike pa. Huweliksrusies was aan die orde van die dag en die vrouens van die dorp het Susara wan-trouig dopgehou. Maar Susara se lippe was geseël. Nie eens die Ossewa Brandwag kon 'n geheim so hou soos Susara nie.

Susara het as huishulp by die dokter en sy vrou begin werk. So kon sy darem die klein Tarentaaltjie saamvat werk toe en self versorg. Vir sewe jaar het sy die vaste werk gehad, totdat die dokter haar bevorder het tot ontvangsdame in sy spreekkamer. Absoluut absurd en ongehoord! Mevrou dokter het niks gesê nie, maar die gemeenskap kon sien dat sy 'n swaar las dra.

Die klein Tarentaaltjie is skool toe en die mense het geskinder. Susara was mooi versorg en almal kon sien sy werk mooi met haar geld.

Maar so kom alle goeie dinge een of ander tyd tot 'n einde. Toe die klein Tarentaaltjie so ongeveer tien jaar oud was, vang die eertydse polisie toe so wragtig vir Susara... met die dorp se spietkop. Dit het 'n groot gemors afgegee en Susara se pa-hulle wou hê sy moes vlug, Langkloof toe. Maar Susara het sterk gestaan. Sy sou en wou nêrens heen gaan nie, en nog minder haar kind.

En so gebeur die mees opspraakwekkendste hof-sake in die geskiedenis van die Suid-Kaap. Ek gaan probeer om 'n getroue weergawe te gee van die verloop van die saak.

Die Maandagoggend, nadat Susara in hegtenis geneem is, verskyn Susara Tarentaal voor die plaaslike landdros. Die landdros laat haar in die beskuldigde bank staan.

"Is jou naam Susara Tarentaal?"

"Dit is soos djou hônor sê." Susara het self-versekerd geklink.

"Hoe pleit jy?" Die landdros het oor sy bril na haar geloer. Ek dink as iemand die partye mooi dopgehou het, sou mens sweerlik kon sien die landdros knipoog vir haar.

"Skullig, djou hônor." Sy het hom vas in die oë gekyk.

"Susara Tarentaal, het jy enige regshulp van enige aard om jou saak te verdedig?"

"Nee, djou hônor. Ek hettie soveel geld nie."

Die landdros het vir 'n wyle stilgebly. Toe hy praat, was sy stem gebiedend.

"Het enigeen hier teenwoordig iets daarteen dat die saak uitgestel word na volgende week Maandag, sodat juffrou Tarentaal regsverteenwoordiging kan bekom?"

Niemand het iets daarteen gehad nie. Inteendeel, Susara se familie was verlig, want nou sal hulle seker die volle waarheid uitvind. Nou sal hulle seker weet wie die klein Tarentaaltjie se pa is. Maar tot die verbasing van almal in die hof, was dit Susara self wat kapsie maak.

Haar stem het helder deur die hofsaal gegalm.

"Djou hônor, ek willie die saak uitgestel hê nie, want van hierie uitstel, gaan daar net nog sake wees en ek het nie die tyd om elke week hie te kô staan en nog ontugsake aan te hoor nie. So, wanner ons dan nou volgende week vergader, wil ek vir djou, djou hônor, die prokureur, die bankbestuurder, die dokter, die skool-hoof en die spietkop hie sien. Dan handel ons hierie saak op een dag af en dit spaar onse almal tyd."

Die stilte in die hof was oorverdowend. Jy kon 'n speld hoor val. Niemand het geroer nie. Die landdros maak sy keel skoon, staan op en maak sy papiere bymekaar. Toe tel hy die gaffel op.

So staan hy vir 'n wyle en laat sy oë oor die gallery gaan. Toe hy praat, kon jy die gebiedendheid in sy stem hoor.

"Hierdie saak word uit die hof gegooi weens gebrek aan voldoende getuienisse." En met dit laat hy die gaffel neerkom op die houtblok.

Soos ek gesê het, dit was 'n hoëprofielsaak en almal regoor die land het die saak in die koerante en die oor die radio gevolg. Toe die saak uitgegooi word uit die hof, was die bruin gemeenskap staties bly. Die blanke gemeenskap se gevoelens was gemeng – kwaad, bly en sommige het nie geweet wat om te dink of te voel nie. Maar 'n radio-omroeper het dit baie mooi saamgevat: "Tarentaaljagseisoen in die Suid-Kaap is nou weer oop."

Die Moordenaar

Hulle was beste buddies. Almal het gepraat oor die twee groot manne wat soos kinders vriende was. Johnny en Kosie. Johnny was altyd die voorbok. Kosie het maar net gevolg. Baie aande het hulle vasgehaak by die Watergat, totaal hulleself in 'n koma gedrink en dan was dit maar Kosie wat vir Johnny by die huis en in die bed gekry het.

So het hulle alles saam gedoen. Saam vakansie gehou, saam gekuier, saam dronk geword. As Johnny genooi word vir 'n braai, het Kosie saamgegaan. As Kosie genooi word, moes hulle noodgedwonge ook vir Johnny nooi. So het hulle twee die vinkel en koljander van Knysna geword.

Eendag het Johnny geval. Sy hele knieskyf het versplinter. 'n Dure operasie het gevolg waarvoor Kosie betaal het. Kosie het redelik goed daarin gesit.

Wanneer Johnny iesegrimmig geraak het met die gips, het Kosie hom in die kar gelaai en

Knysnameer toe gery om die voëls te gaan kyk. So het Kosie probeer om Johnny op te beur.

Indien iemand gedink het hulle was in 'n eengeslag-verhouding, is dit baie gou reggestel. Nee, hulle was regtig net baie goeie, beste vriende. Maar almal het gevoel Johnny maak misbruik van Kosie, want Kosie was konstant op "beck-and-call", terwyl Johnny net meer iesegrimmig geraak het.

Nog steeds het Johnny nie die gevaarligte by Kosie gesien nie. Johnny het getrou... en geskei... en getrou... en geskei, vier maal en elke keer het Kosie betaal.

En toe eendag kon Kosie nie meer nie. Hy kon die negatiwiteit van Johnny nie meer hanteer nie. Kosie het 'n tou gevat en die bosse by Knysna ingeloop. Daar het hy homself probeer ophang, maar was nie suksesvol nie. 'n Bergie het op hom afgekom en alarm gemaak. Dit was probeerslag nommer een.

Die dorp se mense het simpatie getoon en Kosie het alles oordink. Johnny was egter baie, baie kwaad, want wat sou dan van hom word? Die gips was wel af en die knie gesond, maar Johnny het net al hoe meer selfsugtig geword.

Kosie het gedink hy doen goed om geld in Johnny se boubedryf te belê. Almal het hom gewaarsku, maar hy het dit gedoen in die naam van vriendskap. Johnny het nie sy dankbaarheid getoon nie. Dit was asof hy die geld moes kry, asof hy daarop aanspraak gemaak het.

Dit was tóé dat Kosie nommer twee probeer. Dié slag was dit pille. Maar die huishoudster het op hom afgekom en hom gehelp.

Johnny was weer net kwaad, maar nog steeds het die pennie nie gedrop nie. Almal het begin gis dat iemand Kosie moes help, hom by 'n sielkundige of 'n ding kry, maar Johnny het almal oortuig Kosie soek net aandag. Die mense van die dorp het ophou inmeng en maar net bly wonder en bly skinder. So het Johnny se besigheid floreer, en het die twee vriende pal by die Watergat uitgehang.

Kosie het al hoe stiller geraak en min uitgekom, behalwe wanneer hy en Johnny saam was. En toe is daar probeerslag nommer drie. Kosie het met die pistool gesit toe Johnny by die deur instap. Die pistool was oorgehaal en reg om geskiet te word. Johnny het die pistool van Kosie afgevat en dit diep in die kluis toegesluit.

Nou sal mens dink Johnny sal tot besinning kom en 'n plan met sy vriend maak, hom iewers gaan inboek of die berge invat en met hom praat. Maar nee, nie Johnny nie. Hy was alweer kwaad, maar dié keer stil-kwaad. Hy het niks gesê nie.

Die tyd het weer verbygegaan. Johnny was sy ou self, die mense het net hulle koppe geskud en arme Kosie het al hoe meer alleen geraak. Kosie se bank-balans het gekrimp van 'n sewe syfer bedrag tot 'n vyf syfer bedrag en Johnny se boubedryf, as gevolg van die land se ekonomie, was nie meer so florerend nie.

Probeerslag nommer vier gebeur toe.

Kosie het dié keer seker gemaak dat niemand naby is nie. Hy het 'n rugsak gepak, 'n waterbottel omgehang en gesê hy gaan die Rheenendal staproete loop. Dit was niks ongewoon nie, want hy het die roete al baie gestap, altyd alleen. Niemand het vrae gevra nie, en so is Kosie die oggend daar weg.

Toe Kosie teen vyfuur die middag nog nie terug was van Rheenendal af nie, het Johnny maar alleen by die Watergat gaan sit. Almal wou weet waar Kosie was, maar Johnny het net sy skouers opgetrek en nog 'n sluk van sy dubbel Olaf Bergh en Coca-Cola gevat.

Daardie nag het die huishoudster bekommerd geraak, want Kosie was teen eenuur die oggend nog nie terug nie. Hy het altyd vir haar gesê as hy sou uitbly, en boonop het hy nie ekstra klere saamgevat nie. Dit was net 'n dagstap.

Toe die son sy kop oor die meer uitsteek, stap die huishoudster by die polisiekantoor in. Dit was nie dertig minute nie, toe is die soekgeselskappe uitgestuur. Tot die polisie het van Kosie gehou en daar het op daardie tydstip nie veel op die dorp aangegaan wat ondersoek-baar was nie.

Die son het hoog teen die hemel gesit, toe hulle vir Kosie kry. Dié keer was probeerslag vier suksesvol. Kosie het, blou in die gesig, leweloos aan die tak gehang. Die tou het in sy nek gevreet, want dit was asof Kosie homself tog bedink het en het gespartel om los te kom. Maar selfs vir hom was dit die keer te laat. Hy kon homself, net soos die ander mense, nie help nie. Johnny wóú hom nie help nie.

Met die begrafnis het die mense vir Johnny geïgno-reer. Hy was skielik vreeslik alleen en niemand het met hom gesimpatiseer nie. Hy is van die kerkhof af reguit Watergat toe, waar almal hom nog meer geïgnoreer het.

En daar het die skinderstories begin loop. Kosie was bankrot, as gevolg van Johnny... Kosie kon nie meer Johnny se manipulasie staan nie... Kosie het 'n sagte siel gehad en Johnny was te hard... As Kosie maar net sy vriendskap met Johnny verbreek het...

So is 'n storie gebore op Knysna, die klein dorpie in die Suid-Kaap met die kleindorpiementaliteit, waar almal almal se sake weet. Wanneer Johnny in die straat afstap, was daar gepraat. As hy 'n brood by die supermark gekoop het, het almal gefluister. Sou hy 'n dubbel Olaf Bergh en Coca-Cola by die watergat drink, het

die mense geskinder. Oral het die mense vir hom
die Kainsmerk gegee.

Hy was 'n moordenaar.

Die Ontsnapping

"Wil jy tee hê?!" Hy skree uit die kombuis uit.

"Nee, dankie!" Sy antwoord geïrriteerd, want sy weet die vraag gaan oor en oor gevra word.

"Sap?" Weer die skree uit die kombuis.

"Nee, dankie." Nou word die irritasie meer.

"Jy moet iets drink, iets eet." Hy raak gebiedend.

Hoe lank gaan sy nog hier ingehok bly? Wanneer gaan daar 'n kans wees om te ontsnap? Hy het haar motorsleutels gevat, die huissleutels, die lot. Eers het sy baklei, toe gesmeek, toe kalm geraak en nou voel sy asof sy glad nie meer omgee nie. Sy is in 'n situasie waar niemand haar kan help nie. Hoe het dit gebeur?

O ja, die rugby! Hulle was saam by die rugby, maar het mekaar nie geken nie. Die Leeus het teen die Sharks gespeel. Hulle is aan mekaar bekendgestel deur gemeenskaplike vriende.

Die spreekwoordelike 'chemistry' was onmiddellik daar.

Natuurlik het hulle van mekaar gehou en so het hulle mekaar met afsprake begin sien, saam uitgegaan. Eers was dit goed, en hulle het baie gelag. Dit was asof Susan haar geesgenoot ontmoet het.

Maar toe begin die krake wys. Eers was daar die ligte verskille, toe die ligte rusies en elke keer was die "ek is jammer" daar. Susan het besef dat die versko-ning al hoe meer van haar kant afkom, selfs al het sy geweet sy is nie skuldig nie.

Toe raak dit erger. Die alkohol, die aggressie saam met die alkohol. En nog steeds het Susan geglo dat as sy dit net reg hanteer, alles sal beter gaan.

Min het sy geweet dat GEEN hantering, reg of verkeerd, enigsins sou help. Dit was in Johan se karakter; hy was maar net so, obsessief.

Susan skrik uit haar mymering op. Johan kom ingestap met 'n bord kos. Sy weet sy kan dit nie weier nie, want dan sal al die hel losbars. Hy sal die kos op haar kop omkeer en haar vertel watse slegte, ondank-bare slet sy is. Tot dusvêr was dit die enigste aggressie wat hy teenoor haar geopenbaar het.

Baie liefdevol kom sit hy langs haar en kyk dat sy die kos eet. As Susan nie van beter geweet het nie, sou sy gedink het Johan gee baie om vir haar, maar dit is nie so nie. Dis sy manier van manipulasie.

Die kos steek in haar keel vas, maar sy forseer dit af. Sy wil nie nog konflik hê nie. So, sy eet met 'n aange-plakte glimlag.

Na ete vra Susan of sy kafee toe kan ry om lugtyd vir haar foon te kry. Onmiddellik is Johan op sy agter-voete. "Waarvoor het jy lugtyd nodig? Vir wie wil jy bel? Wil jy iemand bel om jou hier te kom uithaal? Wel, dit gaan nie gebeur nie. Jy het nie lugtyd nodig nie. Punt!"

Susan probeer verduidelik dat sy haar ma moet kontak om te sê dat sy okay is. Johan sê hy sal dit doen. Susan voel moedeloos. Daar gaan haar laaste hoop. Dit voel asof die mure om haar inkrimp en sy voel sy kry nie asem nie.

Johan bring vars slaai en 'n glas melk. Susan eet dit gulsig en voel hoe sy beter begin voel.

"Johan, wanneer gaan ek die buitekant van die huis sien? Wanneer kan ek jou baba duifies sien?"

Verkeerde vraag. Hy gil op haar en beskuldig haar dat sy nog nooit in sy duiwe belanggestel het nie. Waarom nou?

"Ek wou net 'n bietjie uitkom in die son. Dis al. Ek mis die son." Daar is pleit in Susan se stem. Johan hoor dit nie. In sy gedagtes probeer hy al die ontsnappings-roetes ondersoek.

"Ek sal sien." 'n Baie kortaf antwoord.

Susan begin weer bid: "Here, as ek hier moet bly en ek moet Johan na U toe lei, maak my dan asseblief gewillig om gewillig te wees." Dis nou al drie weke en sy is seker haar mense soek na haar. Sy kon mos nie net so spoorloos verdwyn het nie?

In die begin van haar gevangenskap was die seks die ergste. Dit was asof Johan gevat het wat aan hom behoort het. Sy het elke keer ineengekrimp van verne-dering.

Later het dit omgesit in weersin, dan het sy 'n goeie skuimbad en olies gevat en haar van kop tot tone geskrop. En elke keer het sy gewens sy kon haar geheue, haar hart en ingewande skoonskrop. Later van tyd het dit makliker gegaan. Toe het sy nie meer omgegee nie, solank dit net baie gou verby was.

"Johan?" Hulle sit in die namiddagsonnetjie in die sitkamer, hy lees die koerant en Susan doen bietjie stopwerk – Johan se sokkies. Hy antwoord haar nie. "Johan?" Sy vra weer.

"Ja, Susan?' kom die antwoord kortaf.

"Hoekom is ek hier?"

Eers maak hy of hy nie hoor nie. Dan laat sak hy die koerant. Hy kyk lank na haar en die emosies in sy oë wissel van sagtheid na onsekerheid na absolute haat. Susan sidder, want sy kan die konflik nie meer hanteer nie. Johan het nog nooit 'n vinger op haar gelê nie, maar vir hoe lank sal hy sy frustrasie kan inhou?

Susan skraap weer haar moed bymekaar en vra weer. "Hoekom is ek hier? Waarom word ek gevange gehou teen my sin?" Sy hou haar asem op, wag vir die snedige aanmerking. Uiteindelik praat Johan en wat hy sê, laat koue rillings langs Susan se ruggraat afrol.

"Toe ek klein was, wou ek baie graag 'n hond gehad het. My pa het geweier. Tog het my ma vir my een gekry, maar ek moes hom wegsteek, tot eendag toe my pa uitgevind het. Hy het my gemaak die hond dood-slaan. As ek opgehou slaan het, het hy my geslaan. Sien, Susan, ek mag nooit iets van my eie gehad het nie!"

Sy stem word al hoe sagter. Hy vertel van die kere wat hy 'n meisie huis toe gebring het, en sy pa haar summier weggejaag het. Toe hy ouer word, het hy homself belowe dat niemand ooit weer iets van hom sal wegvat nie.

"Johan, ek is nou al drie weke hier, en ek kan jou belowe dat my mense na my soek. Hoe kom ons daarby verby?" Susan klink hoopvol.

Johan spring skielik op. "Niemand sal jou van my af wegvat nie. Jy is myne, en myne sal jy bly! Verstaan jy dit?"

Susan kon die waansin in Johan se oë sien vorm. Sy word koud. So fanaties het sy hom nog nooit gesien nie. Die vrees het nou openlik van haar besit geneem. Nou is sy doodseker dat Johan sy denke met die realiteit verloor het. Iewers het hy emosioneel en intel-lektueel die spoor byster geraak. Susan besef dat hy nie meer realisties en logies dink nie.

Om die situasie kalm te hou, staan Susan op en kondig aan dat sy gaan bad. Johan se reaksie is skielik en onverwags. "Moenie die deur toemaak of sluit nie. Ek weet wat jy dink, Susan, en dit gaan nie gebeur nie."

Susan voel so magteloos. Hoe gaan sy ooit hier uitkom of kontak maak met die buitewêreld? Niemand weet sy is hier nie, want daar was al polisielede wat Johan ondervra het en hy het net volgehou dat hy haar vir baie lank nie gesien het nie. Bedags sluit hy haar toe met geen telefoon nie. Hy het haar selfoon gevat toe sy gevra het vir lugtyd en hier is geen landlyn nie. Hy het ook haar internetkonneksie geblokkeer en die naaste bure is ongeveer 'n kilometer vêr.

Susan verstaan nie veel nie. Wanneer Johan by die huis is, sorg hy dat sy goed versorg is, maar sy mag nie buite toe gaan nie. Sy doen nie inkopies nie. Daarvoor sorg Johan. Sy sit nie op die stoep nie. Sy meng nie met die plaasvolk nie. Johan hou haar binne. Wat is dit wat hy van haar wil hê?

Terwyl sy bad, loop Johan op en af verby die badkamer. Susan verstaan dit nie, want daar is diefwering voor elke venster. Daar is geen manier vir haar om te ontsnap nie. Nadat sy gebad het, verskoon sy haarself na haar kamer toe. Daar kan sy ten minste lees en bid.

Sal God na haar luister? Sy mag nie in die tuin loop nie; sy mag nie wasgoed ophang nie. Sy moet net tussen die mure van die huis bly. Waar die situasie eers frustrerend was, begin sy nou bang raak.

Later die aand hoor sy Johan se slepende tong voor haar deur. Sy weet sy moet antwoord, anders raak alles weer 'n oorlog. "Hei, wil jy Milo hê?" Hy sukkel om die ongeskik uit sy stem te hou.

Susan antwoord gedwee. "Ja, asseblief. Dit sal lek-ker wees." Sy hoor hom wegskuifel in die rigting van die kombuis. Susan weet sy moet hier uitkom. As sy langer hier bly, sal alles oorgaan in geweld en dan is haar lewe soveel meer in gevaar. Maar wat kan sy doen?

Na die Milo en Johan wat homself aan haar opgedring en binnegedring het, raak Susan uiteindelik aan die slaap. Sy sal môre, wanneer Johan by die werk is, al die diefwering voor elke venster noukeurig nagaan.

"Koe-ke-le-koe!" Die haan op die werf is altyd eerste wakker. Susan trek haar japon aan en stap kombuis toe om vir haar koffie te maak. Alles is stil in die huis. Dit beteken Johan het nog voor die haan wakker geword.

Dankie, tog, dink Susan. Dan is hy vendusie toe en die hele dag is hare in die toegesluite huis. Nadat sy haar koffie gedrink het, begin sy stelselmatig om van venster na venster te loop.

Sitkamer – diefwering is vasgesweis, solied. Eet-kamer – dieselfde. So vind sy elke kamer se diefwering. Wel, dan kan die diefwering mos afgesaag word. Maar waar kry sy 'n saag?

Susan storm terug kombuis toe. Miskien, net groot miskien, is daar dalk 'n saag in een van die laaie. Sy gaan deur elke laai en elke kas, maar niks.

Moedeloosheid oorval haar, maar binne haar is dit asof iets vir haar sê om voort te gaan met haar inspeksie. Haar soektog lewer niks op nie en sy begin paniekerig raak. Daar is niks wat sy kan doen nie, want nêrens is daar eens 'n versteekte sleutel vir enige deure nie en nêrens kan die diefwering gebreek word nie. Sy voel so magteloos.

Na al die koffie wat Susan teen die tyd al gedrink het, voel sy die nood om toilet toe te gaan. In die toilet tref dit haar dat sy nie die toiletvenster geïnspekteer het nie. Sy rek haar bene en sien tot haar verbasing dat die diefwering met skroewe vasgedraai is.

Skroewe! Nie sweiswerke nie. Sy bekyk die skroewe sorgvuldig en besef dat dit kan loskom.

Sy draf so gou as wat haar bewerige bene haar kan dra kombuis toe om 'n mes te gaan haal. Daar's net steak messe. Dit gaan haar nie help nie. Dan gryp sy 'n lepel.

Die lepel pas perfek. Stadig maar seker begin sy die eerste skroef losdraai. Dit gaan baie stadig, maar geleidelik voel Susan hoe die skroef loskom. Sy voel 'n opgewondenheid in haar loskom.

Die volgende oomblik hoor sy die motor in die oprit. Sy hardloop na haar kamer en bêre die lepel onder haar bed se matras. Sy besef sy sal haar opgewonden-heid in toom moet hou, want Johan kan maklik 'n veran-dering optel.

Vanuit die gang kan sy ruik dat Johan weer iewers in 'n drinkplek vasgehaak het. Dit sal vanaand makliker gaan. Hy sal gou aan die slaap raak.

"Hallo, Johan. Goeie dag gehad?" Susan probeer die goeie vrou wees.

Johan kyk haar agterdogtig aan, maar toe hy niks ongerymds sien nie, antwoord hy kortaf. "Uhm... Nie soos dit moes wees nie, maar ek sal oorleef."

Susan vra nie verder uit nie. Sy is bang as sy gaan praat, haar stem haar sal weggee. Daar is nou te veel op die spel en sy moet te alle tye kalm bly, maar binne haar gaan haar hart tekere.

Dit is ook nie te lank nie of Johan sit in sy Lazyboy en snork. Susan gaan toilet toe en besigtig die skroewe weer. Daar is presies ses skroewe. Die eerste een is besig om uit te draai met behulp van die lepel. Sy moenie oorhaastig wees nie. Noudat daar uitkoms is, is nog drie weke nie te lank nie. Die hele tyd praat sy met haarself: "Susan, tree net normaal op. Moenie dat Johan enige agterdog kry nie."

Vir die volgende paar dae worstel Susan met haarself, haar opgewondenheid, die skroewe en die lepel. Skroef nommer een het uitgedraai. Skroef nommer twee moes sy bietjie olie smeer omdat dit halsstarrig vasgesit het. Dit het Susan nie laat moedeloos word nie. Uiteindelik is hy toe ook uit.

Tussendeur het Johan huis toe gekom, gevloek, baklei, Susan name genoem, die kos op haar kop omgekeer. Maar die keer het Susan dit alles verdra. Vir haar is daar uitkoms. Sy moet net geduldig wees.

Uitkoms kom vinniger as wat sy gedink het, maar saam met die uitkoms kom ook 'n onvoorsiene pro-bleem.

"Ek het gereël dat die hele huis hierdie week geverf moet word." Johan sit by die eetkamertafel en kondig dit aan in dieselfde stemtoon as wat hy hamburgers bestel.

Susan ruk tot stilstand. Sy kyk Johan met groot oë aan. "Beteken dit hier gaan ander mense in die huis wees terwyl jy weg is?"

"O, jy moenie idees kry nie. 'n Gedeelte van die huis gaan afgesluit word waar jy gaan wees terwyl hulle met die ander gedeelte besig is. Ek het gedink ek sit 'n veiligheidshek in die gang in wat ek dan sluit bedags, en die verwers kan dan die voorste gedeelte van die huis verf."

Susan voel hoe haar moed in haar skoene sak. Net toe sy dink dat daar iemand sal wees wat 'n boodskap na buite kan kry, word dit kortgeknip. Maar dan onthou sy! Sy het nog toegang tot die toilet! Haar versameling lepels het ook darem al aangegroei.

Terwyl die verwers besig is in die voorste gedeelte van die huis, hou Susan haarself besig met die skroewe in die toilet. Stadig maar seker word die een skroef na die ander uitgedraai. Sy voel die opgewondenheid in haar toe die laaste skroef voor haar sit. Sy het dit reggekry. Nou net vir die laaste hekkie. Die skroef is egter 'n teenstander van 'n ander kleur. Met al haar krag probeer Susan hom draai, maar die skroef wil niks weet nie. Sy smeer olie aan, kap hom liggies, maar net mooi niks. Toe doen Susan wat sy nog altyd doen in moeilike omstandighede: sy bid.

"O, Here, U sou my nie tot hier gebring het, net om gekeer te word deur een skroef nie. Ek weet dat U die hele tyd my sterk gehou het en U weet dat dit wat Johan doen verkeerd is. Ek vergewe hom, maar nou vra ek U om my te vergewe omdat ek as mens myself blootgestel het sonder om eers U raad te vra. Baie dankie, Here, dat ek weet U kan 'n wonderwerk hier bewerkstellig. Amen."

Susan voel hoe 'n kalmte oor haar kom en sy loop terug na die toiletvenster. Met die eerste probeerslag draai die skroef asof hy nog al die tyd los was. Susan voel asof sy wil huil. Sy haal die veiligheidsraam versigtig uit die venster en sit dit op die grond langs die toilet. Versigtig druk sy haarself deur die opening en sak stadig af na die grond buite. Hoe vreemd voel die aarde nie!

Sy meet met haar oë hoe vêr sy van die hek af is. Boonop staan die hek oop en sy kan verkeer op die pad naby hoor. Dis omtrent vyftig meter na die hek toe. Susan begin hardloop.

Buite die hek staan sy en kyk in die plaaspad af. Sy moenie padlangs gaan nie. Die enigste is om deur die veld te gaan. Susan begin hardloop, al in die rigting van die verkeer. By die teerpad raak sy histeries toe sy 'n voertuig opmerk wat in haar rigting ry. Die kar stop. Dis 'n jong paartjie.

Susan kan nie gou genoeg in die kar klim nie. Op Randfontein maak sy 'n kollekteeroproep na haar ma toe.

"Mamma, ek is op Randfontein. Kom haal my, asseblief. Ek wag by die polisiestasie." Toe breek Susan en sy begin onbedaarlik huil.

Die Verraad

Die skril gelui van die foon laat Magda die tuinvurkie sak en hardloop om te antwoord.

"Môre. Magda wat praat." Uitasem.

"Haai, Magda, dis Santie."

Magda se hart word koud. Santie? Dié Santie?

"Santie Viljoen? My wêreld. Ons het so lanklaas kontak gehad. Waar in die wêreld is jy?"

Sy hoop nie Santie antwoord nie, want sy, Magda, wil nie regtig weet nie. Daar was soveel dinge gesê twee en dertig jaar gelede, maar Magda onthou asof dit gister was.

"Ek bly in die Kaap en is vir twee dae hier bo vir 'n kongres. Toe het ek 'n wilde kans gevat en gehoop jou nommer is nog dieselfde."

"Ja, ek bly nog steeds op dieselfde plek met die-selfde nommer."

Magda wens oombliklik dat sy haar nommer veran-der het of nog beter, weggetrek het uit die stad. Santie se opgewekte stem spoel oor in Magda se oor.

"Kan ek en jy dan Saterdagaand 'n bietjie kuier? Ek wil jou graag sien voor ek Sondag terugvlieg."

Magda voel hoe alles in haar styfspan. Die laaste mens wat sy nou wil sien, is Santie Viljoen. Die verraad was net te groot. Die dissiplinêre verhoor waarmee die Universiteitsraad haar, Magda, uitmekaar getrek het, en toe die skorsing daarna. Sy kon nie in die nag haar goed uit die koshuis dra nie, en moes ten aanskoue van al die meisies in die koshuis, helder oordag haar kamer ontruim. Dit was die grootste vernedering wat sy nog deurgemaak het.

"Uhm... Santie... eintlik het ek reeds iets gereël vir Saterdagaand. Dis 'n bietjie ongeleë vir my."

Magda kan hoor hoe Santie haar asem aan die anderkant intrek. Toe sy praat, is daar iets soos 'n pleit in haar stem.

"Asseblief, Magda. Dis baie belangrik dat ek jou moet sien. Daar is iets wat ek jou moet vertel. Ek glo nie daar sal ooit weer so 'n geleentheid wees nie."

Magda voel hoe haar moed haar begewe. Santie kon nog altyd 'n situasie draai dat die uitkoms in haar guns is. Santie het nog altyd haar sin gekry. Magda voel weer die ou verset in haar opstoot. Sy wil nie vir Santie Viljoen sien nie, en tog sê die klein stemmetjie in haar om na Santie te luister.

"Ek sal met Eben praat en hoor of ons maar Saterdagaand kan skuif. Waar kan ek jou kontak?"

Santie gee haar selfoonnommer en hoe vreemd dit ook al vir Magda mag klink, sy kon sweer sy hoor 'n baie verleë 'dankie' aan die anderkant van die lyn.

Die res van die dag is vir Magda verlore. Sy ruim haar tuinwerk op en tap 'n lang bad. Haar gedagtes spring terug na twee en dertig jaar gelede...

Hulle was jonk en ongebonde, sy en Pietman. Vandat hulle op hoërskool begin uitgaan het, het hulle gedroom van die dag wanneer hulle saam universiteit toe sou gaan. Hulle sou hul studies aanpak met ywer, klaar swot en dan trou. Hulle drome was in plek en het net gewag vir vervulling.

Dit was in hulle derde jaar by 'n studentesaamtrek by Maselspoort dat sy gevoel het hoe die volwassen-heid aan haar vat toe Pietman haar binnedring. Sy was so lief vir hom. Selfs met die skuldgevoel na die tyd het haar liefde vir hom oorgeloop.

Vier weke later het 'n bekommerde Magda die dokter gesien.

Omdat Santie haar beste vriendin was, het Magda, in haar alleenheid, op Santie se skouer gehuil. Daar het Magda al haar verdriet, bangheid en verlorenheid uitgesnik.

"Wat gaan my pa-hulle sê?" Magda was histeries. "Wat van die universiteit? Hoe vertel ek vir Pietman?" Haar oë was dik opgeswel en sy het soos 'n spook gelyk.

"Magda, jy sal dadelik vir Pietman moet sê. Hy is selfstandig en baie lief vir jou. Hy sal weet wat om te doen." Santie was weereens oortuigend.

Magda onthou daardie dag by Loch Logan. Die son het geskyn en Pietman was sy gewone self – opge-ruimd en baie aantreklik.

"Pietman, ek het 'n ernstige saak om met jou te bespreek." Magda onthou haar stem het haar in die steek begin laat.

Pietman was onmiddellik besorg en het haar in sy arms toegevou. Hy was onder die indruk dat sy nie toelating vir 'n vak gekry het nie. Dit alleen was genoeg om Magda te ontsenu, want hulle het saam baie hard gestudeer. Magda het in haar gemoed gekalmeer. Pietman sou by haar staan, kom wat wil.

Toe Magda uiteindelik vir Pietman vertel, het hy nie opgetree soos sy verwag het nie. Hy was onmiddellik op sy agtervoete. Toe het hy kwaad geword.

"Dis nou 'n gemors, 'n groot gemors. Kon jy dit nie keer nie? Weet jy nie dat meisies iets gebruik om dit te keer nie?"

Magda was totaal uit die veld geslaan. So het sy nog nooit vir Pietman gesien nie. Eenkeer het hy kwaad geword vir 'n ander matriekseun op skool omdat dié 'n graad aggie afgeknou het, maar dit was nie naastenby so erg soos nou nie.

Sy het yskoud geword en besef dat na al die jare, en die belofte van 'n huwelik na hulle studies, sy nie werklik vir Pietman ken nie. Skielik was hy vir haar 'n vreemdeling. En toe kom die verwyt. Pietman het haar beskuldig dat sy, Magda, alleen verantwoordelik was vir haar omstandighede.

Magda het weer op Santie se skouer gehuil en tipies Santie, het sy haar mond uitgewas.

"So 'n bastard. Hy wou die lekker gehad het, maar wil nie verantwoordelikheid aanvaar nie."

"Hy dink as hy dit lank genoeg ignoreer, sal die probleem weggaan."

In die weke wat gevolg het, het Pietman al hoe minder kom kuier. As Magda hom by die koshuis bel, was hy uit. Tog het sy bly redeneer dat Pietman haar nie net so sou los nie. Hulle kom darem al van skool af saam en hulle het drome saam gedroom.

Wanneer Pietman wel kom kuier het, was hy afsydig en het skaars met haar gepraat. Maar die werklikheid het uiteindelik ingetree toe Magda vir haar eerste sonar moes gaan. Sy wou so graag hê Pietman moes daar wees en toe sy hom vra, het hy heftig gereageer dat hy 'n besluit geneem het.

Hy wou haar, Magda, nie meer sien nie. Hy wou niks met die "besigheid" te doen hê nie, en bowendien het hy nie geweet of dit regtig syne is nie.

Dit was die vuishou wat Magda tussen die oë getref het en haar totaal haar bewussyn laat verloor het. Dit was dan ook hoe die koshuismatrone uitgevind het. Maar dit was ook die tyd toe Santie haar rug op Magda gedraai het.

"Magda, probeer verstaan. Ek kan nie my met sulke omstandighede ophou nie. My pa-hulle sal my skiet, en buitendien moet ek op my studies konsentreer. Miskien moet jy maar vir Pietman afskryf, want hy is baie duidelik oor jou."

Met die dissiplinêre verhoor het Santie teen haar getuig, vertel hoe obsessief Magda met Pietman was. Dit was die finale strooihalm wat die kameel se rug sou breek. Magda is uit die koshuis geskors.

Sy kon toe nog nie huis toe gaan nie, en haar ouers het nie geweet nie. Sy het hulle vertel sy kan nie in die koshuis leer nie, daarom trek sy in 'n woonstel naby die kampus in. Haar ouers het dit nie bevraagteken nie, want Magda het nog altyd geweet wat sy doen. Hulle het haar volkome vertrou.

Net toe sy twaalf weke swanger was, het sy eendag middagete in die kafeteria gaan koop. Haar hart het in haar keel geklop toe sy Pietman by een van die tafeltjies sien sit. Sy wou net na hom toe stap om te groet, toe die lenige blonde meisie van buite af inkom, na hom toe loop en hom omhels. Santie!

Sy kon hulle hoor lag en Pietman het haar 'n lang intieme soen gegee. Magda het nie middagete gekoop nie. Sy het omgedraai en uitgeloop, totaal verslaan.

Sy het toe vir Leonie by die Christelike Vroue Vereniging gekontak om haar naam op te gee sodat die baba aangeneem kon word.

Dit was die begin van 'n baie eensame pad in Bloemfontein. Magda het vir die res van die nege maande nie huis toe gegaan nie. Toe die dogtertjie gebore is, is sy dadelik weggevat, want daardie jare kon die buite-egtelike mamma nie die baba sien nie. Aborsies was ook geen opsie nie.

Magda het nooit haar studies in Bloemfontein voltooi nie. Sy het opgepak en Pretoria toe verhuis. Haar ouers was verward, maar het gedink sy wou maar net wegkom van Pietman af. Hulle was baie kwaad vir hom omdat hy Magda verkul het met haar beste vriendin.

In Pretoria het Magda haar studies voltooi en aangegaan met haar lewe. Sy het Eben ontmoet en na twee jaar se saamwees, het hulle besluit om te trou. Sy het vir Eben vertel van haar verlede, die hartseer en hoe sy uiteindelik weer heel geword het.

Eben het verstaan. Nog nooit het daar een woord van verwyt of veroordeling oor sy lippe gekom nie. Haar lewe het gesond geword en sy het veilig in haar huwelik gevoel.

En nou die oproep. Wat is dit wat Santie met haar wil bespreek? Wat is daar om te praat? Sy hoor die motor in die oprit en slaak 'n sug van verligting. Haar rots is hier.

Hy leun teen die kosyn, groot, aantreklik en baie dinamies.

"Hallo, lig van my lewe. Geen aandete vanaand nie. Ek het gereël vir 'n baie spesiale ete, want ek het vandag besef ek het lanklaas in jou oë gekyk."

Magda glimlag. Dis tipies Eben. Altyd vol verrassings.

"En wat het ek gedoen om dit te verdien?"

"Net die feit dat jy my lewe vul met jou bestaan."

Magda besluit sy sal wag tot die ete om hom te vertel van Santie.

Tydens die ete is albei vrolik en lag in mekaar se gesigte. Magda kry nog elke keer die warm gevoel wat sy gevoel het toe sy Eben ontmoet het. Hy straal sterkte uit.

"Eben, daar is iets wat ek jou wil vra en dit kan nie wag tot môre nie."

Eben draai sy kop na Magda toe en vir die eerste keer die aand sien hy 'n effense seer in haar oë. Hy vat haar hande in syne en buig vorentoe oor die tafel.

"Praat met my, ek luister." Terwyl Magda hom vertel van die oproep die middag en of hulle Saterdagaand kan kanselleer, skuif daar 'n wolk oor Eben se gesig. Magda weet onmiddellik dat Eben nie hou van wat hy hoor nie.

"Is dit vir jou belangrik om haar te sien?"

"Ek weet nie. Een deel sê vir my ek moet hoor wat sy te sê het, en 'n ander deel sê ek moenie myself oopstel vir haar manipulasie nie."

"Dan is dit mos maklik. Ons kanselleer nie. Maar dan sal jy altyd wonder wat sy met jou wou praat."

"Eben, ek was bang, maar ek is nie meer nie. Jy was die een wat aangehou het dat ons vir Sonja moet soek. Ek is jou ewig dankbaar daarvoor dat ek my kind kan ken. Jy is my sterkte en as ek jou nodig het, sal jy mos daar wees." Magda kyk vol vertroue in Eben se oë.

"Jy weet ek sal jou nooit alleen laat met enigiemand wat 'n moontlike bedreiging kan inhou nie. Goed, ons laat haar oorkom, en sodra dinge heftig raak, gooi ek haar uit. Reg so?"

Magda lag saggies. Eben is so besorg en sy is so lief vir hom.

Die deurklokkie klink hard deur die huis en waar Magda besig is om haar oorbelle aan te sit in die kamer, hoor sy Eben na die deur toe loop. Sy hoor stemme wat deurgaan na die woonkamer. Dan word die televisie afgeskakel.

Magda kyk na haarself in die spieël. Sy het moeite gedoen met haar voorkoms. Sy stap met selfvertroue in die woonkamer in en dis asof sy direk in twee en dertig jaar gelede instap. Op die bank sit 'n lenige blondine met haar bene oormekaar gekruis. Santie! Eben staan voor die televisie en hou die deur dop.

"Magda, dis so goed om jou te sien. Sjoe, jy lyk nie 'n dag ouer nie!" Santie wikkel haarself van die bank af op en omhels vir Magda. Magda se oog vang Eben s'n en sy knik vir hom. Toe weet Eben Magda kan alles hanteer.

"Santie, jy lyk absoluut goed. Ek sien die lewe het jou nie eenkeer gemaal nie." Magda probeer die sarkasme uit haar stem hou.

Dadelik skuif daar 'n sluier oor Santie se gesig en Magda kan sweer sy sien ongemak by Santie.

"Wel, die ete is gereed. Ek het maar aangeneem jy eet vanaand by ons. Ons kan maar deurgaan eetkamer toe. Eben, skink jy vir ons elkeen 'n glasie wyn."

Santie lig 'n hand om Eben te stop. "Net sap vir my, Eben. Ek drink nie alkohol nie."

Magda se verbasing wys duidelik op haar gesig. So ken sy nie vir Santie nie. Santie was die kern van elke partytjie en sy het altyd gespog dat sy haar drank kon vat. Magda sê niks en stap deur eetkamer toe.

Tydens die ete ruil hulle oppervlakkige nuus uit: Is jy getroud? Kinders? Het jy jou studies klaargemaak? Eben begin net so gemoedelik raak en neem hier en daar deel aan die gesprek.

Na ete stap hulle deur na die woonkamer. Magda kan nie meer haar nuuskierigheid beteuel nie.

"Santie, wat het jou nou eintlik hiernatoe gebring? Dit kan nie wees net om my te sien en te weet hoe dit met my gaan nie."

Sy sien Santie se oë raak wasig. Haar oë sak voor Magda s'n en sy vee die trane ongeduldig af.

"Magda, ek moet bieg. Na al die jare druk die wete swaar op my hart. Ek leef swaar onder die dinge van twee en dertig jaar gelede."

Magda sien dat sy nie vir Santie in die rede moet val nie. Sy wys met haar oë vir Eben om langs haar te kom sit. Dan gaan Santie voort.

"Sedert julle tweede jaar al het Pietman by my gekuier. Ek was baie gevlei, want hy het my laat glo dat ek baie mooier as jy was en dat blondines opwindender is. Ek was so selfsugtig."

Magda se gedagtes gaan. Hulle tweede jaar? Eers is sy verslae, dan voel sy die skok deur haar trek en die onthou kom sit in haar kop soos 'n swaar klip. Die koshuis toere waarop Pietman gegaan het en dan het Santie dieselfde tye "huis toe" gegaan. Dit was dan die kere wat Magda agter die boeke ingeskuif het en haar en Pietman se take gedoen het, want hy het kwansuis nie tyd gehad nie.

Sy skud haar kop in ongeloof. Hoe kon sy so dom gewees het? Noudat sy alles onthou, was al die tekens daar. Santie se vals vriendskap, Pietman se koudheid met haar swangerskap, hulle saamwees in die kafeteria. Dan vang haar oog Eben se oog en hy glimlag bemoedigend. Skielik weet sy dat sy oor haar verlede is.

"Santie, alles is reg. Weet jy, ek het julle jare gelede al vergewe. Eben het my lewe heel gemaak en ek kan niks meer in die lewe vra nie. Jy moet jouself vergewe en aangaan met jou lewe. Dit gaan jouself net siek maak as jy aan die verlede vashou."

Magda wil opstaan om Santie te omhels, toe Santie se hees stem haar stop.

"Magda, ek het ses maande om te leef. Ek is 'n jaar gelede gediagnoseer met borskanker en ek het 'n volle mastektomie gehad. Sewe maande gelede het ons uitgevind die kanker het versprei en dis terminaal."

"Hoekom vertel jy my?" Magda sak terug in die stoel.

"Want ek moet regmaak wat ek jare gelede verkeerd gedoen het. Ek het jou 'n groot onreg aangedoen en my straf was dat ek ses jaar na my en Pietman se troue uitgevind het dat hy nie getrou kan wees aan een vrou nie. Ons is toe geskei. Ons dogter het later jare universiteit toe gegaan en in dieselfde bootjie beland as jy destyds. Gelukkig het wetgewing verander en sy het 'n aborsie ondergaan."

Sy lig haar hand om Magda stil te maak toe sy sien Magda wil iets sê. "Sy is kort na die operasie oorlede weens komplikasies. Kan dit wees dat ek gestraf word omdat jy jou dogter verloor het?" Nou loop die trane en sy sien nie hoe Magda na haar toe kom nie.

Magda sit haar arms om Santie. "Santie, danksy Eben het ek nie..."

Santie maak haar stil en sê vir Magda om asseblief met Pietman te praat.

"Hy verwyt homself al vir jare oor die kind. Hy het hoeveel keer gesê jy moes nie haar uitgegee het vir aanneming nie. Hy wou met jou praat, maar het nie geweet hoe jy sou reageer nie."

"Waar is hy?" Magda hou haar asem op. Sy voel Eben se arm om haar, veilig.

Toe stap sy telefoon toe. Die stem aan die anderkant klink opgewek. "My kind, ek weet waar jou pa is..."

Johan Fisant

Hy spring soos 'n kaartmannetjie uit die parkeerplek in Hibernia straat en sy tandlose lag verlig sy gesig. Sy arms gaan op en waai vir my om in te draai. Ek sien hy keer 'n 4x4 Isuzu af om vir my die plek te gee. Ek lag en skuif die vensterruit af.

"Mêrrem, hie'sie plek, spesiaal gebêre vir mêrrem."

Ek stoot langs die voorste motor in en stoot stadig terug in die parkeerplek. Intussen dans hy al pratende om my motor.

"Ek kan bestuur. Sien, ek kom van Joburg af."

"Ek sien, mêrrem, ek sien. Da sta'it: 'Test drive me now."

Sy lag is nog op sy gesig en ek kan die tandvleis goed sien. Ek klim uit en druk die sentrale sluitingstelsel. Ek moet gou by die apteek indraf om my medikasie te kry. Hy belowe my met handgebare dat hy baie mooi na my Joburg karretjie sal kyk.

Dit vat 'n hele tydjie in die apteek, want ek moes wag dat hulle my voorskrif deurfaks van

Klerksdorp af. Uiteindelik is dit uitgesorteer, maar toe is daar nog 'n oponthoud. Hulle het nie die medikasie in voorraad nie. Ek reël dat hulle dit bestel, sodat ek dit die volgende dag kan kom afhaal.

Haastig drafstap ek na die motor toe. Johan Fisant gaan soos 'n rasende te kere. Al vier die motor se flikkerligte flits en hy het mos belowe hy sal na my kar kyk. Ek skrik. Wat het gebeur? Hoe nader ek aan die motor kom, hoe meer benoud raak ek.

"Mêrrem! Mêrrem!" Hy praat uitasem. Tot hy weet nie wat gebeur het nie. Hy probeer verduidelik, baie benoud.

"Toe ek wie sien, toe gaat daai ligte aan en dis net parklights wa djy kyk! Mêrrem, ek swie, ek het mooi gekyk, maar die Joburg kar is net anners!"

Die benoudheid slaan op sy voorkop uit. Dis net sweet waar jy kyk. Selfs ek begin benoud raak. Ek het nog nie die motor so lank nie, en dit is 'n nuwe tipe op die Suid-Afrikaanse paaie. Ek druk die paniekknoppie aan my sleutel, maar niks gebeur nie. Toe sluit ek die kar oop.

Na 'n vinnige bestekopname, lyk dit nie of iets weg is nie, maar Johan Fisant draai nog steeds om my asof hy verantwoordelik is vir wat ook al verkeerd is. Ek sit die sleutel in die aansitter en draai. Dadelik vat die kar. Ek sien die verligting op Johan Fisant se gesig.

"Ag, dankie tog, Heretjie!"

Tog bly ek bekommerd, want ek weet nie of daar iewers 'n kortsluiting is nie. Ek besluit om na die Geely handelaar in Yorkstraat te ry om uit te vind wat moontlik verkeerd kan wees. Toe ek uit die parkeerplek uitry, belowe ek vir Johan Fisant dat ek sal terugkom en hom tien rand betaal vir die moeite wat my kar hom aangedoen het.

So ry ek met al vier flikkerende ligte deur George, af in York straat tot by die Geely handelaar.

Die onderdeleverkoopsman moes seker sien daar is 'n probleem en hy kom dadelik uit. Hy kyk, maak die enjin oop, loop om die motor. Ek sit in die motor en wag. Hy krap sy kop, loop weer om die motor. Intussen dink ek daaraan om maar die radio aan te skakel en radio te luister terwyl ek wag.

Dis toe ek my hand uitsteek om die radio aan te skakel dat my oog dit vang...

Toe ek wou parkeer voor die apteek het ek die noodligte aangesit om in die parkeerplek in te trek... en dit nooit weer afgesit nie. Soos blits druk ek die knoppie en die ligte gaan af. Ek sê niks.

Die verkoopsman sien dadelik die ligte is af. Hy kyk vir my, maar ek het my beste Sondaggesig op. Met 'n frons tussen sy oë verduidelik hy vir my wat nou net gebeur het.

"Mevrou, ek dink ons moet 'n afspraak maak om na die motor te kyk. Die ligte is almal nou af, maar ek dink iewers is 'n kortsluiting. Dit mag moontlik gevaarlik wees. Kan u die motor môre-oggend inbring dat ons kan seker maak?"

Ek gee my samewerking en beloof om vroeg die volgende oggend daar te wees. In my hart weet ek dis nie nodig nie. Ek trek stadig weg en eers toe ek 'n blok van die garage af is begin ek senuagtig giggel. Dit gaan oor in 'n histeriese lag. Die motoriste langs my gaap my aan. Die trane loop soos ek lag.

Ek ry terug Hiberniastraat toe. Johan Fisant sien my dadelik en dit lyk soos verligting op sy gesig toe hy sien die ligte flikker nie meer nie. Weer skarrel hy rond vir 'n parkeerplek vir my, maar die keer sit ek net my flikkerlig aan. Ek vertel hom met 'n verleë laggie hoe dom ek was en ek gee hom sy beloofde tien rand.

"Toemaar, mêrrem. Dis onse geheim, en buitendien het mêrrem die regte registration om so stupid ding te doen." Hy lag met sy tandlose mond wydoop en knipoog vir my.

Kerkkrieket

Proloog:

Hierdie is nie my storie nie, maar ek wil dit graag deel omdat dit so treffend was en ek die vertelling baie komies gevind het. As ek reg kan onthou, was dit 'n vertelling van oorlede oom Fanus Rautenbach. My weergawe kan dalk in dieselfde trant wees, maar ek verander die gebeurtenisse en persone soos ek die draad van die storie kan onthou.

In 'n sekere gemeente in 'n groterige stad, naby 'n spog seunskool, is die herderspaar al redelik bejaard en soos mens mos ouer word, verander mens se houding en gewoontes saam met die ouderdom.

Dié spesifieke dominee, Sas Jonker, het dan nou ook van houding en gewoontes verander. Waar hy as jong proponent vuur en vlam die bediening betree het, is hy nou al bietjie aan die stadige kant. Hy praat ook so met 'n temerige stem, seker maar om die uur lange preek langer uit te rek dat die tyd gou verbygaan.

So byvoorbeeld sou dominee Sas Jonker elke paar minute oor sy ken vryf, of hy sal aan sy neus vat. Om die preek so langer te maak, sal hy ook byvoorbeeld lank aan 'n slukkie water teug. Hy het ook soms sy hande wyd uitmekaar oor die kansel gesit en dan die gemeente stip aangekyk. Af en toe was daar 'n kopkrap.

Wanneer dominee Sas Jonker oor die gemeente staar sonder om iets te sê, het die orrelis geweet om saggies te begin speel.

Nou is dit so dat daar 'n vooraanstaande seunskool in die gemeente is. Die seuns was maar traag om Sondae kerk toe te gaan, want hulle het gewoonlik aan die slaap geraak tydens die preek. Daarom het die koshuisvader ook net geweet hoe om die seuns te straf vir hulle oortredings: Forseer hulle om op 'n Sondag die erediens by te woon. Dan het die seuns die hele week in hulle spoor getrap.

Tog was die graad twaalf leerders verplig om die eredienste by te woon, want hulle moes nog aangeneem en voorgestel word. So gebeur dit dat twee graad twaalf leerders besluit om die eredienste meer aantreklik te maak vir hulleself.

Hulle begin onder mekaar organiseer dat hulle, met die hulp van dominee Sas se gebaretaal en gewoontes, 'n krieketwedstryd gaan inwerk. Die reëls was as volg: 'n vryf oor die ken was een lopie; vat aan die neus het vier lopies beteken; 'n kopkrap was 'n ses. Wanneer dominee Sas so verlangend oor die gemeente se koppe staar, was dit 'n wydloper. 'n Sluk water het 'n dooie bal opgelewer en wanneer hy sy hande so uitsprei oor die kansel, vêr van mekaar af, was die span uit.

Die seuns het dadelik begin speel en gedurende die eerste week was dit al waaroor die matrieks kon praat. Die tweede Sondag was die seuns slaggereed. Maar toe was dit nie net matrieks wat die gallery vol gesit het nie. Daar was hier en daar ander seuns ook, duidelik van die laer grade.

Die gemeentelede was verstom. So het die getalle op die gallery elke Sondag gegroei deur die hele kwartaal. Die seuns was so netjies uitgevat in hulle skooldrag en dan het hulle verskriklik aandagtig na dominee Sas gesit en luister. Dit was so stil op die gallery, jy kon 'n speld hoor val.

Die gemeente was bly. Uiteindelik het hulle deurgedring tot die jeug. Die een wat die grootste verbasing getoon het, was dominee Sas homself, maar hy het nie vrae gevra nie. Soos altyd het hy geglo dat slapende honde nie wakker gemaak moet word nie.

By die skool het 'n ander gebeurtenis hom afgespeel. Skielik wou elke seun krieket speel. Die krieketafrigters is toegeval onder die geesdrif van die seuns. Dit het hulle met verbasing laat staan.

Selfs diegene wat nog nooit of nooit wou krieket speel nie, was nou te gretig om in 'n span opgeneem te word en die reëls te leer.

Weereens vra niemand vrae nie, maar almal is net te bly dat die seuns betrokke raak. Die juffrou wat skaak afrig was glad nie beïndruk nie, want sy moes een van haar oefendae afstaan aan krieket.

Dit was ook nie lank nie, of elke seun gesels hartlik saam as AB de Villiers kolf, of Tendulkar boul. Die afrigters staan verstom oor die skielike kennis van die reëls onder die seuns. Met al hulle kennis saam, sal dit die nasionale krieketafrigter met 'n rooi gesig laat.

En intussen groei die seuns se getalle Sondag vir Sondag, totdat die hele gallery gevul is met seuns in hulle mooi uniforms. Van die dorpsleerders het ook die eredienste begin bywoon tot die blydskap van die ouers.

Sou iemand die seuns baie fyn dophou, sou hy opmerk dat die seuns hulleself in twee groepe verdeel. Maar met die blydskap van die gemeente, merk niemand dit op nie. Niemand weet dat teen die sesde Sondag daar al 'n span A en 'n span B is nie.

So word daar elke Sondag krieket in die kerk gespeel. Span A kolf. Dominee Sas vat aan sy neus – vier lopies. Vir die volgende halfuur vryf dominee Sas kort-kort sy ken, elke keer 'n lopie.

Met die volgende erediens kolf span B en haal die lopies in. So hou dit aan. Dan loop span A voor, dan weer span B, en so gaan dit aan tot die laaste Sondag van die kwartaal. Weereens pak die seuns die gallery vol. Almal is opgewonde, want vandag word die wenners van die kerkkrieket bepaal.

Span A loop voor met twintig lopies. Span B moet vandag kolf. Dominee Sas handel al die rituele af en nadat die gemeente weereens gesing het, begin dominee Sas met sy preek.

Vandag vier die spanning op die gallery hoogty. Die seuns leun vorentoe en hou dominee Sas baie fyn dop. Elke beweging wat hy maak, word noukeurig aangeteken. Dan vryf dominee oor sy ken. Dis een lopie. Twintig om te gaan. Dominee Sas vryf weer oor sy ken; nog 'n lopie. Nou is dit neëntien lopies oor. Skielik vryf dominee oor sy neus. Span B spring amper uit hulle velle. Dis 'n vier! Sestien lopies om te gaan. So hou die dominee die seuns op die punte van hulle stoele.

Dominee Sas homself begin te glo dat hy uiteindelik die jeug betrek het. Die seuns hou hom stip dop. Dan verval dominee Sas in 'n halwe vergetelheid en staar oor die gemeente. Dis 'n wydloper! Nog 'n lopie vir span B! Nog net vyftien lopies! Na 'n paar minute krap dominee Sas sy kop. Span B juig innerlik. Hulle sit vasgenael in hulle stoele. Nog ses lopies! Nou moet hulle nog net nege lopies kry. Dominee Sas vat aan sy neus. Jippie! Nog vyf lopies!

Die spanning loop hoog. Die seuns leun almal vorentoe asof hulle baie mooi wil hoor. Dominee Sas vat 'n slukkie water – dis 'n dooie bal. Span B staan nog op vyf lopies. Hoe nader dominee Sas aan die einde van sy preek kom, hoe angstiger raak die seuns op die gallery. Hulle is doodstil.

En dan doen dominee Sas die een ding waarvoor span A gewag het, en span B nie wou gehad het nie. Dominee Sas sprei sy arms uit en leun vorentoe op die kansel, elke hand weerskante van die kansel. Vir 'n moment is alles in die kerk doodstil. Die seuns se monde val oop.

Dan tref die besef die seuns van wat nou net gebeur het. Die B-span laat sak hulle koppe in hulle hande, en met 'n luide "howzat!", spring die A-span, met hulle hande in die lug, van hulle stoele af op...

En so wen span A van die spogskool hulle kerkkrieket.

Hierdie storie is opgedra aan Fanus Rautenbach en afgedra deur Naomi Maritz.

'n Nimmereindigende storie

Sy word met 'n sug wakker en draai na die wekker op die bedtafeltjie langs die bed. Drie-uur. Die haan het nog nie eens gekraai nie. Hoekom slaap sy so sleg deesdae? Wanneer gaan dit alles stop? Sy handhaaf mos nou 'n lae profiel. Wat kan die lewe nou nog van haar vra wat sy nie reeds gegee het nie?

Eers haar kinders wat besluit het sy pas nie meer in hulle gesofistikeerde lewe in nie en toe haar werk en die skielike ontslag – *Gross misconduct.* Dit was asof haar hele wêreld tot stilstand gekom het. Wat nou?

Dis nou al die hoeveelste nag wat sy ongeveer drie-uur wakker word en dan raak sy nie weer aan die slaap nie. Sy staan op, stap kombuis toe en skakel die ketel aan. Dan maar koffie drink, dink sy. Hoe het al hierdie dinge gebeur?

Sewe jaar gelede het haar dogter, Natasha, haar laat weet dat sy die oorsaak is van al Natasha se probleme. Al die probleme spruit natuurlik uit haar grootwordjare.

Sy het verslae gestaan. Waar kom die kind aan alles? Die goed wat Natasha kwytgeraak het, het tot op die been gesny. Sy moes koskook, huis skoonmaak, haar broers grootmaak en versorg en wat nog alles.

Die vrou hoor nie die ketel skakel af nie. Haar gedagtes gaan terug na daardie jare toe sy met haar tweede man getroud was. Waar was sy dat sy toegelaat het dat die kind soveel negatiewe ervaring in haar brein kon vaslê? Sy was tog elke dag by die huis, langs die sportveld, op die gimnastiekkomitee.

Watter draadwerk het by Natasha skeefgeloop om so 'n storie op te maak? Of het dit regtig gebeur? Wil sy maar net nie aan haarself beken dat sy oor die jare die dinge toegelaat het om te gebeur nie? Het sy sekere dele in haar brein uitgesny?

Die vrou kom uiteindelik agter dat die water gekook het. Sy maak 'n koppie koffie en gaan sit in die sitkamer, in die donker. Weer herleef sy Natasha se kinderjare, al die manipulasie, al die wonderlike dinge en toere waarvan die kind deel was.

Sy het nie 'n paspoort gehad om op die Christelike uitreik Zambië toe te gaan nie. Binne sewe dae het die vrou een vir haar kind gereël. Die keer toe haar stiefpa haar 'n bromponie beloof het indien sy die lisensie kan wys, en toe sy dit doen, haar pa se weiering.

Die vrou sug. Sy het geraap en geskraap uit haar niks en die bromponie gekoop. Dit was maar een van baie dinge wat Natasha gegun is. Sy het ook die finale 'opvoering' in haar ouerhuis vrygespring, die laaste hewige rusies, die vlug in die nag, die hofbevel, want sy het ge-*Au Pair* in Nederland.

En nou praat Natasha nie met haar nie as gevolg van haar verskriklike kinderjare.

Die vrou kyk op en sien die son oor die heuwel oprys, soos 'n stadige lewe wat terugkeer in jou arm as jy jou arm verlê het. Haar gedagtes gaan na haar seun. Haar pragtige blondekopseun met die mooi blou oë. Haar seun wat deur die jare by haar gestaan het en haar belowe het hy sal nooit doen wat Natasha gedoen het nie.

Sy kyk na die son. Dis asof die son groei, want dit word groter en helderder. In haar gemoed wens sy sy kan dieselfde voel; groei, helder word. Maar dit bly donker.

Drie jaar gelede wou haar pragtige seun nie meer leef nie. Die donker hand van daardie stil siekte het oor 'n tydperk sy tol geëis. Martin kon nie meer een dag in die oë kyk nie en die pille was gerieflikheidshalwe byderhand.

Sy sluit haar oë. Dankie Vader, bid sy, dat ons hom tog nog betyds kon red. In die hospitaal het die dokter die siekte 'n naam gegee: *Bipolêre Gemoedsteurnis.*

Hoe onkundig was sy nie met alles nie. Nou is daar darem 'n naam vir sy gedrag. Nou kan daar ten minste kennis verkry word. "Mevrou, hy moet baie slaap, roetine kry, sy medikasie gereeld neem, in 'n gestruktureerde omgewing begin werk. Bipolariteit is oorerflik."

Sy dink aan die onmiddellike tyd na die diagnose. Die navorsing, soeke na 'n rigting om hom te help, 'n werk van agt tot vyf. Verminder die stres en angs.

Martin besluit op 'n kursus in onderwys.

Die son sit nou al hoog en die vrou staan op om haarself reg te maak vir werk. Voor die kas word sy tot die werklikheid teruggeruk. Dis nie nodig om aan te trek nie. Daar is nie 'n werk om na toe te gaan nie. Sy sug en gaan sit op die bed.

Hoekom is die val so hard? Hoe gaan sy van hier af weer opstaan?

Martin is vir die afgelope drie jaar op medikasie, maar die geld oor die tydperk het drasties verminder. Sy kyk om haar rond. Sy het al haar besitting verkoop sodat hy 'n normale lewe kan lei. Die spanning het in haar opgebou omdat Martin so erg manipulerend is.

Elke keer wanneer sy geld min geraak het, het die vrou iets gekry om te verkoop sodat hy kan hê. Eers die juwele. Dit was maklik en sy het gedink dit is net aardse goed. Sy kon voel dat sy besig was met 'n spirale afwaartse neiging en dat alles buite beheer geraak het. Die dokter kon haar darem help met 'n slaappilletjie.

By die werk het dit nie veel beter gegaan nie. Toe sy moes konsentreer op haar dagtaak, moes sy Martin se probleme uitstryk. En toe daardie dag. Wat het haar besiel? Hoe kon sy so 'n dom besluit neem? *As julle julle onderklere vir die wêreld wil wys, raak dan ontslae van julle klere.*

Die dogters het gedink dis 'n grap, die hoof nie. *Gross Misconduct.* Martin besluit sy ma het hom in die skande gesteek. Hy breek sy verhouding met haar met 'n kort en kragtige SMS: *Ek wil mamma nooit weer sien nie.*

Die vrou haal die foto's van haar kinders van die kas af en kyk lank en ernstig in albei se mooi oë. Haar trane het lankal opgehou. Sy kan nie meer huil nie. Daar is 'n dooie gevoel waar haar hart moet wees. Sal sy ooit weer kan lag?

Die vrou staan op en skakel die televisie aan. Sy sit dadelik die kanaal op 111 – KykNET. Katinka Heyns en haar stryd met haar seun met Bipolêr. Die vrou huil by die selfmoordtoneel.

Sy staan op en stap na die telefoon om 'n nommer te skakel. "Het julle dalk vir my 'n bed? Ek wil nog vandag inkom vir behandeling. Ja, ek is 'n depressielyer." Na die oproep stap sy kamer toe en begin haar tas te pak.

Sy sal hierdie swart gevaar trotseer en oorwin, want een ding het haar soos 'n hamerslag getref in die verhaal van Simon. Dit is nie my skuld nie, nie met Natasha nie en ook nie met Martin nie. Ek het niks verkeerds gedoen nie en die dinge wat hulle glo is uit hulle siekte gebore. Ek as ma het hulle gebring tot waar hulle is. Nou moet hulle hul eie paadjie stap.

Sy ry hospitaal toe met die rustige wete dat sy vry is van blaam.

Ons ou volkie se etiek

17 Mei 2012 – Homofobiedag. Watse dag is dit? Ek nog nooit van so 'n dag gehoor nie, maar omdat ek op die langpad is van die Suid-Kaap af Noordwes toe, luister ek maar radio. Nie sommer 'n stasie nie. Nee, RSG. Radio Sonder Grense. Dis in elk geval die enigste radiostasie wat die hele ent pad opvangs het. Dit maak ook sielkundig die pad korter.

Hulle praat oor homofobie. Homofobie is die antagonisme teenoor gay mense en gay pare. Soos xenofobie – vreemdelingehaat. Homofobie – dieselfde- geslag- verhoudingshaat. Sjoe, dis 'n lang verduideliking om haat te beskryf.

Ek verstaan waar dit vandaan kom. Barak Obama het gesê hy sien niks daarmee verkeerd as mense van dieselfde geslag met mekaar trou nie.

Die mense bel in. Hulle was hulle monde uit oor wat gay mense tussen die lakens doen. Dis al waaraan hulle dink. Hoe verrot kan ons gedagtes wees.

Vir hierdie mense maak dit nie saak dat gay mense die meeste geld in ons land spandeer nie.

Vir hulle maak dit ook nie saak dat selfmoordneigings agt keer hoër is by gay mense nie. Dit tel ook nie dat gay kinders op skool van die toppresteerders uitmaak nie.

Ek wil ook my sê sê en so bel ek in. Die lyn is beset en ek probeer weer. Drie keer. Ek is gedetermineerd. Uiteindelik kom ek deur na die ateljee toe. Ek word gevra wat my opinie is. Natuurlik net om my opinie te skandeer dat niks inkriminerend oor die lug uitgesaai word nie.

Terwyl ek aanhou, kook dit in my. Ek begin so moeg raak vir my mede-Afrikaners wat altyd so baie te sê het en so baie net praat, praat, praat, maar die minimum doen en nog minder betrokke raak. Waar kom die mense aan die reg om hulleself so heilig te ag om ander te kritiseer? Net omdat ek trots Suid-Afrikaans is (sien, hier's die vlaggie) en daarom kan ek sê wat ek wil? Nogal in AFRIKAANS. Ons moet mos nog die taal ook red.

Uiteindelik antwoord Ian Wessels die lyn. Ek praat. Ek probeer die luisteraars bewus maak van die feit dat 'n mens net kan kritiseer as jy betrokke is. Moet liewer niks sê as jy nie weet waarvan jy praat nie. Wie van die mense wat so aanhaal uit die Bybel het al ooit probeer om met gay mense te meng? Hoeveel van die mense wat so krities is, het al hulle hande uitgesteek om te help met plaasmoorde of om bystand te gee vir mense wat deur 'n egskeiding gaan? Almal hang homoseksualiteit aan die groot klok as sonde. So is egbreuk; so is steel, probeer ek my siening afdwing.

Ek vra vir Ian hoekom mense hulleself so bemoei met ander mense se doen en late. Hoekom maak ons nie die wêreld 'n beter plek nie? Ons moet tog eendag in die hemel met mekaar oor die weg kom. Hoekom kan ons nie solank hier op aarde oefen om dit te doen nie? Gaan gays hemel toe? Hoe moet ek weet? Ek is nie God nie. Geeneen van ons kan bepaal wie God uitkies om eendag by Hom te wees nie. Dit staan tog ook duidelik in die Bybel dat daar van ons is wat glo ons sal hemel toe gaan, maar dan sal God vir ons sê Hy ken ons nie. Watse ontnugtering sal dit nie wees nie?! As God dan ons heteroseksuele mense so mildelik seën, wat dan van kinders wat hulle ouers weggooi? Seën God hulle dan ook?

Ons veroordeel en maak die begrip "naaste" 'n bespotting. Ons klim op die seepkis en basuin uit ons is die wonderlike Afrikanervolk en net ons weet wat reg of verkeerd is. Intussen leef ons soos witgepleisterde grafte. Skielik is my foon dood. Ian Wessels het my kortgeknip. Ek dink ek trap op tone.

Ek doen dit altyd – trap op tone. Hemel, kan my volkie nie logies dink nie? "Met die maat waarmee jy oordeel, sal jy geoordeel word." Ek bid: Here, indien geen ander teksvers inslag vind nie, laat dié een dan asseblief op die gewete rus. Ek dink aan my gay familielid. Vir hom is naasteliefde so alledaags soos brood en botter. Vir hom is bystand en ondersteuning nie 'n opoffering nie, maar deel van die lewe.

My hart gaan uit na my gay vriendin, wie se hart so groot is dat sy altyd nog iemand in haar lewe inlaat. Maar vir haar is daar nie genade nie. Sy is dodelik siek, en dan moet sy nog met die oordeel ook saamleef. Sy en haar lewensmaat het juis na 'n klein plekkie verhuis om te sien of dit haar gesondheid sal help. Die oordeel op die klein dorpie is net so veel soos die aanvaarding. Sommige mense kyk wyer, maar daar is nog diegene wat die regte kleindorpiementaliteit het.

Ek dink aan die nagte wat ons saamgehuil het, saamgelag het. In albei gevalle het die trane geloop.

Ironie. Dis wat ek "gay wees" noem. Dis suiwer ironie. Dis die gay gemeenskap wat uitreik na die wêreld om hulle, maar dis hulle wat die swaarste kruis dra.

Ons bid tot God en vra dat ons meer en meer soos Jesus moet word, maar ons is nie bereid om die ekstra myl te loop nie. Vir Jesus was geen taak te groot nie. Dit was Sy karakter. Vir gays is geen taak te groot nie. Dis hulle karakter.

So maal my gedagtes terwyl ek ry. 'n Vrou bel in. Sy sê die Nuwe Testament het die Ou

Testament vervang. Onmiddellik spring my hart. NEE! NEE! NEE! Nie vervang nie, maar vervul! Maar Ian het my stil gemaak. Ek sal nie weer bel nie.

Honderd agt en sestig kilometers van Kimberley af, by Hopetown, sien ek die afdraaibordjie na Orania. Op die ingewing van die oomblik maak ek 'n regs afdraai. Ses en dertig kilometers Orania toe. Ek wil gaan kyk hoe dit daar lyk. Dit lei dan ook 'n bietjie my aandag van die homofobie ding af.

By Orania draai ek links in by die dorpie. Regs van die hoofweg is 'n algemene handelaar, restaurant en 'n garage. Alles is stil in die dorpie. Hier en daar loop iemand in die strate, maar verder is die plek leeg. By die CVO skool gaan net mooi niks aan nie.

Ek neem foto's. Ek kan nie weggaan sonder foto's nie. Hier is 'n sportstadion wat so netjies versorg word. In die droogte van die Noordkaap, lê die pragtigste, groenste rugbyveld. Die strate se name is almal edelgesteentes. Dis Jaspir, Diamant, Opaal. By die Verwoerd-stigting troon die groteske borsbeeld van Dr H.F. Verwoerd uit.

Ek ry terug na die hoofpad toe. By die restaurant sit 'n paar mense by tafeltjies op die stoep. Almal staar na die Gauteng kar in hulle midde. Ek merk my petrol is bietjie laag en besluit om by die garage te stop.

Eers wil niemand my help nie. Die man sê dis 'n vakansiedag en al die plekke is gesluit. Ek vra hom mooi, anders sal ek nie Kimberley haal nie. Half teësinnig sluit hy die pomp oop vir sewentig rand se petrol. Ek probeer 'n geselsie aanknoop deur hom te vra watse vakansiedag dit is.

Intussen werk my brein oortyd. Watse dag kan dit wees wat hulle vier in hierdie Afrikaner geweste? Ek wil nie dom klink nie, want hier het ek mos te doen met die hart van die Afrikaner. Dis hierdie mense wat die tradisies en gewoontes van die Afrikanerkultuur uitleef.

Toe hy die prop van die kar se petroltenk terugdraai, sê hy terloops dat dit Hemelvaartdag is. Onmiddellik voel ek soos 'n indringer. Ek, wat ook in my hart 'n Afrikaner is, wat ook my taal en tradisies koester, voel baie klein. Natuurlik moes ek dit geweet het.

Ek ry uit Orania uit en voel asof ek my godsdiens, kultuur en volk verraai het. Ses en dertig kilometer, by die aansluiting van die N12, draai ek regs, Kimberley toe.

My gedagtes gaan terug na die dag se gedagtes. Weer dink ek aan die homofobiedag en op Orania vier hulle Hemelvaartdag. Weereens besef ek hoe krities my volk is, hoe dubbelhartig die blanke Afrikaner is.

Gays sal nooit toegelaat word in Orania nie, en buite die grense van Orania vier niemand meer

Hemelvaartdag nie. Maar in beide gevalle het almal iets te kritiseer.

Ek leer iets van myself. Ek val in die lugleegte iewers tussen die twee pole.